感恩我所遇

唐晓堃 著

哈尔滨出版社
HARBIN PUBLISHING HOUSE

图书在版编目（CIP）数据

感恩我所遇 / 唐晓堃著. —— 哈尔滨 : 哈尔滨出版社, 2021.8（2025.10 重印）
ISBN 978-7-5484-6102-9

Ⅰ. ①感… Ⅱ. ①唐… Ⅲ. ①散文集 – 中国 – 当代 Ⅳ. ① I267

中国版本图书馆 CIP 数据核字 (2021) 第 113509 号

书　　名：感恩我所遇
　　　　　GAN' EN WO SUO YU

作　　者：唐晓堃　著
责任编辑：赵宏佳　尉晓敏
特约编辑：李　路　翟玉梅
装帧设计：刘昌风

出版发行：哈尔滨出版社（Harbin Publishing House）
社　　址：哈尔滨市香坊区泰山路 82-9 号　邮编：150090
经　　销：全国新华书店
印　　刷：三河市元兴印务有限公司
网　　址：www.hrbcbs.com　www.mifengniao.com
E-mail：hrbcbs@yeah.net
编辑版权热线：（0451）87900271　87900272
销售热线：（0451）87900202　87900203

开　　本：880mm×1230mm　1/32　印张：7.25　字数：165 千字
版　　次：2021 年 8 月第 1 版
印　　次：2025 年 10 月第 3 次印刷
书　　号：ISBN 978-7-5484-6102-9
定　　价：69.80 元

凡购本社图书发现印装错误，请与本社印制部联系调换。
服务热线：（0451）87900279

/ 目录 /

第一辑　心灵

落叶之美	/003
阳台上的春天	/005
劳动之美	/007
老屋情怀	/010
北京的天空和大地	/013
冬日阳光灿烂	/017
城市的树	/020
夏天的柳	/023
感受幸福	/025
读书是一种境界	/028
野菊飘香	/030
迎春的枇杷	/032
攀登的背影	/034
美丽那拉提	/037

静静戈壁滩　　/041

夏日乡村　　/045

蓝花楹的风采　　/047

第二辑　梦想

心中的村庄　　/053

五月的蛙声　　/056

喜欢过年　　/058

夏天那个夜晚　　/061

初秋　　/063

年关　　/066

如意结　　/068

老屋李子树　　/070

秋天的第一场雨　　/072

出差　　　　　　　/074

实习老师　　　　　/078

角色　　　　　　　/082

老屋　　　　　　　/084

神秘巩乃斯　　　　/087

缘于湖　　　　　　/091

长大后我就成了你　/095

老人的幸福　　　　/098

第三辑　情怀

秋　　　　　　　　/105

柳韵　　　　　　　/108

回家的路　　　　　/111

爷爷的事业　　　　/114

心态	/118
银镯子	/122
马年清明会	/124
西部之行	/128
中秋糍粑香	/135
走过恋爱季节	/138
见证	/142
有趣的师生运动会	/145
在职教,做一棵开花的树	/148
父亲的菜园	/150
姑妈	/152

第四辑　足迹

古镇感怀	/157

来自生命的跫音	/160
新年的第一次感动	/164
大坪村的记忆	/167
摘枇杷	/171
行走在春日暖阳里	/174
启蒙老师	/177
母亲伴我们成长	/180
清明记事	/183
生命的积攒	/185
素　宴	/188
我家打谷忙	/191
与太湖关联的	/194
阳光下的西湖	/196
魅力千岛湖	/198
走进海螺沟	/201

第一次去遵义	/210
云南之行	/214
追寻麦香	/221

第一辑　心灵

　　那是一片枯萎的荷塘，莲荷的叶卷曲着，深褐色，塘中露出清澈的水。走在荷塘中间的小路上，枯萎的荷仍然直立着杆，整个荷塘悄然无声，干荷林立，枯叶沉思，仿佛能触摸到自己的心跳。我在小路上、荷塘间走来走去，为一池枯荷沉思冥想，我会不会就是大自然的某一片叶子呢？我多想自己就是一株荷！当外表华丽后，却拥有内在的饱满与厚实。一阵疏朗的雨点打来，我不禁想起《红楼梦》里林黛玉吟诵李义山的诗"留得残荷听雨声"，那该是多么宁静诗意的境界！

落叶之美

落叶的美,是生命的美;落叶的沉思,是生命的沉思。一片片,一丛丛,静穆、和美,它们印在我心灵深处,犹如一幅幅不朽的工笔画。

惬意地走在一片沧桑的梧桐树下,赤着脚,仰着脸,感受落叶飘飘的情景,梧桐叶巴掌那么大,从空中落下时,仿佛伴着一种粗犷的音符。当大片的落叶从枝头滑落时,就像天空倾泻下来的黄色的绿色的赭色的星星,我没有感到一丝萧条,反而感受到落叶离开枝头的豪迈与洒脱。

记得小时候,每当落叶飘零时,我总是提着鞋,光着脚板踩在落叶上,仿佛能感受到落叶的体温。叶子好似有筋骨,踩着时竟会发出"吱吱"的诱人的声响,于是一屁股就坐了下去,美滋滋地感受人与落叶的和谐。有时,也随手拾起一片落叶欣赏起来,黄绿相间的叶面,斑斑驳驳,有一处明显虫子咬伤的痕迹。果真一叶一世界,一叶一轮回的话,手中的叶子一定是在花甲之年就离开树的世界的,或许它可以到古稀,到耄耋之年呢,是什么原因让它提前离开树的枝头呢?是基因,是压力,是病痛?我不得而知,只知道它陨落了,跟着大伙义无反顾地到了另一个世界——大地的怀抱,它没有离开生它养它的树,至少不会离得很远,它还要报答根的情谊。这就是落叶的品性,潇潇洒洒地离开枝头,那是要履行生命的最后使命——奉献。

我没有见过北大校园里银杏树落叶时的壮观情景,那一定是漫天飞舞的"黄蝴蝶",然后地上铺满厚厚的一层"黄地毯"。没有人不为之抒怀感叹，没有人不为之低吟浅唱，没有人不为之引吭高歌。诗的意境，画的线条，爱的呢喃……我看到了它们的身影，飘飞的银杏叶，沉思的银杏叶！静穆而和美，在校园人行道上，在公路两旁、花草丛中，一片片，一撮撮，在阳光下发着黄油油的光，耀眼又安详。尽管银杏叶是宝，却没有看到捡拾银杏叶的人，叶本身就是回归树、回归大地的，这是一种多么执着的感恩啊！

那是一片枯萎的荷塘，莲荷的叶卷曲着，深褐色，塘中露出清澈的水。走在荷塘中间的小路上，枯萎的荷仍然直立着杆，整个荷塘悄然无声，干荷林立，枯叶沉思。我在小路上、荷塘间走来走去，为一池枯荷沉思冥想，我会不会就是大自然的某一片叶子呢？我多想自己就是一株荷！当外表的华丽褪去后，却拥有内在的饱满与厚实。一阵疏朗的雨点打来，我不禁想起《红楼梦》里林黛玉的一句诗"留得残荷听雨声"，那该是多么宁静诗意的境界！荷叶不会掉落，残荷就是落叶的境界啊！杜甫在《登高》里吟诵的"无边落木萧萧下"，瞬间让人感知季节行走的哗然和喧嚣，之后留给人们的却是落叶的静美和人生的况味。

在季节的流转中，我喜欢落叶之美，那是在生命辉煌后的反观，是在价值实现后的沉思，是灵魂升华时的姿态。落叶的意境，何尝不是一种缤纷的世界？我要让世间落叶留驻心田，以阳光般的温暖给落叶永恒的色彩。

阳台上的春天

早晨起来往阳台上一站,浓浓的春意扑面而来,我才感到春天真的来了。

生活在城市里的人,仿佛居住在一个交错纵横的大箱子里,属于自己的小家,则是一个可以随意出入的小盒子。因为有门有窗有阳台,这个小盒子才拥有了持久的活力和生气,才不可阻挡阳光和春天的到来。我的阳台是一个开放的窗口,它在绵绵地吸纳大自然的琼浆,在一年的伊始最先蓄满春的讯息:冬眠的老龟悄悄地探出了脑袋,燕子在屋檐下叽叽喳喳地闹着,一盆盆的蝴蝶花、海棠花、月季花最先露出笑脸。

我曾经追逐过一片别人眼里理想的地方,繁华的城市,热闹的街巷,作为一个小家的栖息地可谓应有尽有,可就因缺少自然风景,我选择了放弃;我来到一片更有魅力的地方,那是一个古色古香的小区,然而依山不傍水,甚至离家乡唯一的河流濑溪河也有千余米,因这是一块旱地,我仍然选择放弃。我来到南山脚下,濑溪河畔,山水之滨。在水一方,我呼吸着醉人的花香和清新的空气,开始放慢自己匆匆的脚步。"翠堤华府",注定有一隅属于自己的阳台和春天,我青睐的是阳台外一览无余的辽远,我的梦在这个春天里开始萌芽。

花香鸟语,春意阑珊。阳台上的春天来自阳台外的世界。天晴的日子,春风骀荡,春光莹莹,南北二山犹如八字形的翠屏,拥抱着我所在的城市。不需出门,只要在阳台上一站,就能鸟瞰全城三分之二的概貌。山如卧龙，水如彩绸，我的盒子就是名副其实的空中楼阁，我在盒子里看大箱子，我不过是城市里很小很小的一分子。我庆幸我的这样一个不起眼的小盒子，却拥有春天最朗润的春色。下雨的日子，春雨贵如油，我喜欢"随风潜入夜，润物细无声"的境界，喜欢在阳台上欣赏南北二山与濑溪河水相依相偎的奇景，感悟薄雾轻纱笼罩下的天空、山川、道路、土地，还有在雨中奔忙的人们。我喜欢雨后的阳台，它变得越加洁净清爽。伴着拂面的春风，来自四面八方的空气更加清新宜人。一种惬意而陶醉的心情油然而生，阳台上的春天没有一丝流行音符，没有一抹流行色彩，却是这个春天里最引人的淡妆轻抹，是千百年来人们共同追求的自然意境：返璞归真，宁静致远。

或坐或站，是我在阳台上的姿态，也是我在生活中的常态。在阳台上坐着沏茶聊天，那是一种在周末才有的自由境界；在阳台上看云识天气，那是每天出门上班都自觉遵守的约定。我习惯了云遮雾绕的山峦，习惯了静静流淌的濑溪河水，习惯了蓝天白云下即使有车辆的喧嚣，也仍然很安静的城市，甚至习惯了拿着望远镜眺望山上那片开得正艳的油菜花，还有沉默的果园和新栽种的成行的银杏树。远山稀疏而袅袅的炊烟，仿佛一支神奇的画笔，每天定时在山腰上涂鸦，给我家阳台外这幅自然的巨画增加许多生机。每到春天，站在阳台上，呵护眼前娇嫩的花草，我常常会把自己乱糟糟的情绪梳理得平和而流畅，就像远处那静静流淌的河水，那缓缓升起的炊烟，没有任何波澜，也没有任何声响。

常年住在高层建筑的盒子里，心没有被冷冰冰的混凝土同化，仍保持着阳光般的色彩和温度。那是因为拥有阳台内温馨的家园，拥有阳台外缤纷的四季，尤其是不缺春山春水的那幅春天的巨画。

劳动之美

记得诗人艾青有一句诗："美,是劳动的结晶。"换句话说："劳动创造美。"是的,劳动即美,我们的生活也因劳动变得丰富而精美。

前不久,惊闻中国话剧团来演出,我找朋友弄到入场券,到家乡最高级别的演艺中心观看演出。当我欣赏着一个个精彩的节目时,我想到了演员与众不同的劳动,他们是在全身心地创造并诠释生活的美。这几年,外出考察学习,可谓走一路看一路,只要有演出安排,从未错过,对演员的劳动可谓情有独钟。去西安,欣赏的是《长恨歌》大唐风情演出,古色古香,韵味浓烈,演员们创造性的劳动,把西安这座文化历史名城演绎得绚丽多姿,幽远厚重。去浙江,观看的是宋城歌舞,时尚超绝,亦真亦幻,走在夜幕降临的老街,人流熙熙攘攘,抛绣球的戏楼热闹非凡。灯光暗淡的怪街,恐怖阴森,让人掉魂,那穿着奇装异服的老街模特正在当众献艺,一道风景的唢呐锣鼓八抬大轿硬要拉你去坐坐……那街,那戏,那灯光,让人仿佛置身于另一个世界。去四川的海螺沟,品味的是藏家的酥油茶和青稞酒,在藏家儿女如火的歌舞里,实实在在地感受到了在藏家做客的优待。"劳动创造美。"在演员们的劳动里,我感受到了艺术之美、生活之美、心灵之美!

想想在乡下劳作的父母,他们虽然不是艺术舞台上劳动的演员,但他们却是现实生活舞台上真正劳动的演员,从不间断地用劳动的音符谱写着生活的乐曲。每天早晨,是母亲呼唤猪狗鸡鸭的声音,唤醒了山村美丽的早晨。太阳悄悄露出笑脸,农家小院总是充满了和谐与安详。父亲常常用粗犷而豪迈的歌声表达劳动的欢愉，呵护着田野里开放的白的、红的、粉的花朵，乐此不疲地帮助大地孕育秋收的欢乐。你看，城里清扫街道的工人，每天晨曦微露，就迎着和煦的柔风，有节奏地舞动着手中如橼的画笔，描出城市的洁净清新，描出人们的灿烂心情，描出生活的五彩缤纷。他们用劳动和汗水打理着城市的外衣，用爱心和细心创造着城市的美。那小区建筑工地上的农民工，有的正在不停地挥动着手中的砖刀，发出"咔咔"的声响；有的挑起盛满灰和沙的桶，一步一步颤悠悠地上楼去。那空中的侧影，让你不能不停下匆匆的脚步，欣赏他们的执着与坚定，为了城市的健康靓丽，为了人们生活的安定舒适，他们正用聪明和智慧、劳动和心血创造艺术和生活的美……

　　劳动创造着美，演员们是用劳动编织众生的心灵之花，是用劳动丰盈众生的灵魂土壤，是用劳动营造众生的心灵家园。国家话剧院演出的节目《心灵》，在他们辛勤的打造下，我们仿佛看到了馨香灿烂的心灵之花永开不败，永远芬芳迷人。小品《小河淌水》反映了一对小夫妻离婚的悲喜剧，真情最终找到了信赖，重新踏上了人生美丽的征途。这里的每一个节目，都是高雅的艺术再现平凡生活的美。在生活中，艺术家的劳动犹如用原材料加工精美产品，是一种过程创造及升华的美；农民朴实的劳动犹如大自然的花草树木，是一种人类与生俱来的最原始最本真的美；工人艰苦的劳动犹如从春走向秋的果木，是再造技术趋于成熟艺术的美；教师辛勤的劳动犹如蜜蜂酿蜜，是脑力和心智和谐交融的美……美在劳动中，就像天上闪烁的星星，点缀着我们多彩的生活。

　　为此，我们赞美劳动，讴歌劳动，劳动创造美，劳动的美也创造美的事物。日新月异、富裕瞩目的新农村，一天一天长高的城市大楼，越来越宽阔平坦的公路，秀美的园林池湖，都是劳动的结晶。劳动使稻谷芬芳，劳动使麦子金黄，劳动使美酒香醇。我们因为劳动而充实，因为劳动而快乐，因为劳动而美丽，因为劳动而有精气神；在劳动中获得成功和感受喜悦，在劳动中启迪心智和濡养心灵，在劳动中创造财富和洗涤灵魂。美，就是这样在劳动里被创造出来的。

我们生活的空间，美的事物太多，哪儿有劳动，哪儿就有美的音符，一切都从劳动开始，劳动创造美。延续劳动就是延续美，劳动将赋予美更多的内涵，铺开大地这幅巨画，我们正以毕生的精力描摹人生宏伟绚丽的画卷。

老屋情怀

也许我是一个比较怀旧的人,在城里有了自己的小家,仍对乡下的老屋情有独钟,那里不只有我年近七旬的老爸,还有菜地、果园和鱼塘,更还有我难以忘怀的老屋。

我最早认识老屋到现在也不过 15 年,那是我第一次去丈夫家,心里害怕地想着:会不会像别的农村那样很偏远呢,要走老远的土路?我来到一个不起眼的乡下院子,令我出乎意料的是丈夫的老家离繁华的大街仅有不到 200 米的土路。我喜出望外,走近一看,是一个竹林掩映的四合院,房子很老很旧了,高高的屋基让这个小院拥有了从四面八方投射下来的光线,因此,整个院落显得并不暗淡。

我成家后,单位分了一套房子,但不经常住。在我的记忆里,周末都是在老屋度过的,老屋是我一周忙碌后最惬意的栖息地。我喜欢门前的那片竹林,喜欢院里的两棵核桃树,喜欢老乡自个儿打造的鱼塘,喜欢房前屋后散发着清香的蔬菜,还有那端上桌的地道的菜肴……那时候,一家人总是围着一张大圆桌吃饭,有说有笑,其乐融融,饭后继续有说有笑,看着电视里播放着的精彩节目,让你感觉不到一丝疲倦。有时邻居家的大姊也过来打招呼,拉拉家常。到了夏天,几乎整个暑假我都待在乡下老屋避暑休闲,白天偶尔有蚊虫叮咬,晚上常有老鼠闹腾,似乎也抹不去我对老屋那种依恋的浓浓情感。

我喜欢老屋,那是因为老屋里常年住着我勤劳的双亲,他们心疼儿媳和孙子,远远超过他们自己。由于工作的需要,我们一家从一个小镇迁到了城里,原本计划父母都随我们迁住城里,可是老爸怎么也不肯,他答应让母亲跟着我们,自己一个人留在家乡的老屋。他说:"我不是嫌你们那儿不好,是我不习惯闲着,我每天在家里劳动劳动,身体才啥病都没有,多好啊!"我们有些不舍地答应了他的要求,并叮嘱道:"母亲周末就回家来,我们抽空也会常回家看看的。"母亲跟随我们带她最疼爱的孙子,还为我们料理一家人的生活饮食,我的家因为母亲的精心照料,更加圆满和谐。谁知一晃就是十年,老爸已近七旬,但体力不减当年,他守着他的老屋,守着他的菜园,守着家里的猪狗鸡鸭。他已习惯了这样的生活,也从来没感到过孤独,偶尔到城里来一趟,总是忙着回老家,好像舍不得离开老屋一步……

前些年,在外打工的弟弟用几年的积蓄在街上买了一套住房和一个门市,让老爸老妈别再做农活了,到街上做个生意,轻松些。谁知买的商品房一直空着,门市也被出租了,老爸在家里种菜、养猪和鸡鸭,收入颇高,甚至赛过有些工薪族,看来老爸之所以喜欢老家老屋,这不能不说也是其中的一个原因吧!如今,农村搞开发,老家早已成为政府规划用地,老屋拆迁是迟早的事情。老爸从来不会思考那么多,他最大的快乐就是呵护他的菜园,呵护家里陪伴他的猪狗鸡鸭。我想,在他的内心深处,他一定希望老屋就这样一直陪他到老,因为老屋,老爸默默无闻,与世无争,心有归宿;因为老屋,老爸心甘情愿一个人留守,把爱倾注给儿孙后代。

如今,我回老家的次数不是很多了,然而老爸依然守着他的老屋,每次回到老屋,我迈进老屋门槛时,总会习惯性地大声喊道:"爸,我们回来了!"我立即就会见到老爸劳作的身影和慈祥的面容。此时,我突然感到:老屋就是老爸,老爸就是老屋,二者都是我无法割舍的情感,也是这些年,我从来没有遗忘老屋的真正缘由。

我知道，随着时光的流逝，不论是老屋，还是老爸，都会远离我们而去。但我会永远记住老屋，记住老屋里老爸那慈祥的笑容，记住老屋外老爸那劳作的身影。因为老屋，才是我心灵的港湾，才是我们一家人心灵的归宿！

北京的天空和大地

初冬时节，还未踏进北国的土地，我就梦想着北国的风光，要是能逢着一场雪，那该是多么三生有幸的事情。这个冬天，我将和单位部分同事因学习来到期盼已久的首都北京。

南方的冬天是很难见到雪的，记忆中的雪景也不常有，偶有一年大雪纷纷，瑞雪兆丰年，着实会让人兴奋好久。于是梦想着能去北方见见久违的雪，重拾与雪亲近的惬意的心境。今年的冬天，北京已下过第一场雪，温度保持在零摄氏度左右，不料一段时间雾霾天气十分严重，几乎看不到蓝天白云，更不用说北京的阳光了，给居民和旅游者都带来了不便。在未启程之前，我已知晓北京急剧降温的消息。对我这个想看北国雪景的人来说，这何尝不是令人欣喜的消息？深夜，我们踏上了北京的大地，除了夜晚的风有些割面外，跟我们南方的冬天没什么两样。导游说，你们来得太及时了，昨晚一场大风刮走了雾霾，也把树上的叶子全刮掉了，近些天一定是难得的好天气。或许遇不上北方的雪，我们将拥有北方初冬的暖阳。

我们下榻在西三环的禧龙宾馆，次日一大早，旅游车冒着寒气，沐着熹微的晨光，载着我们一行人穿过北京清晨疏疏朗朗的街头直奔天安门广场而去。偌大的广场，在晨辉的照耀下，能见度非常好，阳光映照在每个人的脸上和心中，到处都充满了欢声笑语，其乐融融，让人感到这不像是冬天，仿佛因为冬阳的温暖，感觉北京的春天来得格外的早。

人民大会堂、国家博物馆、人民英雄纪念碑、毛主席纪念堂、故宫博物院，矗立在天安门广场周围，吸纳着南来北往的游客，在广场形成一道道有序的人流，广场成为太阳底下最盛大的活动中心。我们的行程是参观完毛主席纪念堂，就去故宫博物院。天安门城楼上毛主席的画像熠熠生辉，远远看去不能发现城楼有多么雄伟壮观，走在城楼下面，才感到城楼的气势，虽是历史的见证，却能感觉出因时代对它的青睐而散发出的新鲜的活力。走进气势恢宏的故宫，已有人山人海之势，沐浴在北京冬阳下，瞻仰故宫，仿佛扫去了心中集聚的悲凉。凭吊历史旧迹，感慨人世沧桑，或悲或喜，或苦或乐，或震惊或长叹，或忧思或平和。一幢幢金碧辉煌的城楼迭现，阳光伴随我们的脚步穿越历史的神坛，历史留下的空空的躯壳，处处彰显着曾经的封建王朝的显赫与威严。那9999间半房子里，曾居住着多少达官贵人，留下过多少文武百官的足迹，刀光剑影，荣华富贵，苦辣酸甜，可谓应有尽有。故宫是一个奇迹，更是一座历史的丰碑，永远昭示后人：不忘沧桑历史，以史为鉴，多难兴邦。

来到颐和园，阳光似乎更加灿烂，昆明湖已结冰，阳光在湖面上闪着金光，湖边那长长的游廊，如果不亲自漫步其间，是不能体会其中的妙处的。最喜万寿山，一直爬到山顶，一路欣赏亭台楼阁，在冬阳的照耀下，楼阁更显辉煌壮丽，没有冷清凄凉，没有萧索肃杀，仿佛这里从古到今都是神圣庄严、热闹非凡的地方。

在北京的第一天，冬阳伴随，没有一点寒意，倒是觉得北京的春天是不是提前来了。晴空万里，蓝天白云，心情舒畅。第二天行程是长城、前门大街、天坛和奥运公园。第一次到长城，激动和欣喜无以言说。我决定挑战自己，登上最高城楼第七层，去看看那里的天空和冬阳。

我们还是一早从禧龙宾馆出发，都说长城温度比所在的宾馆要低好几度,一个个都穿得厚厚的出门去。来到长城脚下,太阳已老高了,晒着人暖暖的,北风呼呼地,有点刺面,稍微运动一下,身体的热度就起来了,真正爬长城时,我减了一件衣服轻装上阵,沐着冬阳,迎着北风,感觉不到一丝寒意。一路留影,一路搀扶着同事,互相鼓励,前往最高最远的城楼去,看着一个个年轻的兄弟姐妹滞留在后,甚至折回起点,我们却像一群青春焕发的少年,一步步向前向前……享受登山的愉悦和刺激,感悟磨砺心智的痛快和淋漓,最后我们三姐妹——也是整个团队里年龄稍长的几个——竟到达了最高峰,我们取得了团里登长城的最好成绩!我们看到了北京最高最蓝的天空,呼吸到了北京离天空最近最暖的冬阳的气息,真切地感受到了长城内外旷远的天空和大地。当我们一路下来时,脚下生风般,身后高高的城楼很快就被我们落在了后面,攀登长城的体会越来越深刻,那就是——世上无难事,只要肯登攀。那种挑战自我后的喜悦,是发自内心的畅快和满足,它像一曲时而激越时而舒缓的曲子,萦绕我心,必将潜移默化地带给我人生行走的思考。

  从八达岭长城折回,我们去了前门大街,有些繁华和喧嚣,却感受到了地地道道的京味文化,同事们不约而同地买了一些特产,有糖葫芦、果脯、全聚德烤鸭等,乐滋滋地回到旅游车上,下一站我们将去天坛公园走走。冬天,在北京的大街上几乎看不到苍翠的树木,然而天坛公园却与众不同,那里古木参天,苍翠欲滴,仿佛把人带到了一个春意盎然的世界。古树或整齐地成列,或在一个园子里汇合,或在路旁威严地迎宾,两个人都合抱不过来,树干上挂着醒目的牌,不仅仅告知来者姓甚名谁,更让人知道它历经沧桑的年代。天坛作为封建王朝统治者祭祀的神坛和圣地,充满无限神秘,可我独喜欢这里幽静的环境,苍翠的古树,那些安静的树木散发出的幽香,仿佛早已洗尽了历史的尘埃，只为后人见证着千年历史的沧桑和厚重。

夜幕降临时，我们来到了奥运公园，灯光闪烁，霓虹靓丽，广场上商业气息很浓，一个现代化都市的面貌尽显眼底。近距离感受了水立方、鸟巢、转播塔等建筑非凡的气势，除了留下倩影外，我拉着同事的手，整整绕鸟巢步行了一周，花费一刻钟的时间。我们用脚步丈量的不是距离，而是鸟巢钢筋柱的长度和弯度，那是多么神奇的弯曲，竟能把如此沉重的钢柱编织成网状，呈献给世人的是异常轻盈的鸟巢。走在鸟巢下，感觉自己太渺小了，一根根钢柱威压似的在头顶盘着，有序地排列着，交织着，天衣无缝，巧夺天工，简直就是一件震撼人心的艺术品！远离鸟巢，那种威压和沉重感消失殆尽，一步一回头，轻盈的鸟巢永恒地定格在心间。

回到熟悉的禧龙宾馆，两天的北京生活一晃而过，第三天，我们将在北京大学政府管理学院学习一天，此生不能成为北大名副其实的学生，哪怕是读一天书也知足了。所幸，在2013年的初冬，我和我的同事们都实现了这个奢侈的梦想。

冬日阳光灿烂

蜗居在家好些天了,终于迎来了阳光灿烂的日子。

毕竟是冬天,阳光就像一位精神矍铄的老人悠悠闲闲地从山上走来,从田野走来,给整天忙碌的我带来惊喜,更带来了一份好心情。于是,一家人准备到家门外走走看看,晒晒冬日的阳光,感悟大自然的妙处,一起分享周末的愉悦。也许是经常去的缘故,我们自然选择离家最近的南山,这里风景优美,空气清新,不愧是家乡的天然氧吧。一年四季,早晨和下午都有来来往往的人步行上山下山,把锻炼身体当作最大的快乐。

整装待发,一家老老少少共七人便沿着南山走去。冬日里那散不尽的雾,像在与我们捉迷藏似的,很快就被暖暖的阳光照散了。走在最前面的是儿子和侄儿侄女,他们不是一梯一梯地走,而是一蹦一跳地上山,活像一群欢蹦的兔子,一溜烟地不见了踪影,只听见他们欢快的笑声在冬日宁静的南山里回荡……妈妈整天在家里劳作,步履也还轻便,走在我和老公前面,也像这冬天的阳光一样悠悠闲闲的。我拽着老公幸福而快乐地向上走着,阳光从树林缝隙里照下来,照在老公因工作忙碌而久违了的笑脸上,似乎让我又找回了儿时的梦想和当年谈恋爱时的浪漫……

在这阳光灿烂的冬日里,我发现夏天曾茂密的树林变得稀疏了,阳光透过枝条,可以照射在干燥的泥土上,一片片枯叶掉落在树根周围,像是在参加冬日的聚会。是的,树叶在其他季节也在忙碌啊,只有到了冬季，它们才能彼此肩并肩、心贴心地偎依在一起，诉说一年来的际遇，思索来年的新生。为生命储存能量，何尝不是让生命行走得更远呢？

　　我感到脚步轻松了，因为坡度没那么陡峭了，也许现在我已适应了这样爬山的感觉。当我站在山顶眺望山下的城市时，心里竟升腾起一丝喜悦来，随口道来："浴冬好锻炼，阳光独自闲。相携来南山，眺望家门前。"突然，发现右手边一棵好大的树，树干有盆子那么粗，树皮早已被行人抚摸得油光光的，枝干盘曲向上，有直冲云霄的架势。眨眼间，儿子和侄儿侄女，还有老公都爬到这棵大树的怀里，妈妈靠在大树旁，这可是难得的人与自然和谐的场景，在嘻嘻哈哈声中，我摁下了照相机快门，为每个人定格下此刻快乐的感觉。

　　冬日的阳光暖暖的，滋养着山上的一草一木，沐浴在阳光下，丝毫没有萧条的感觉。那落叶的树，枝干硬朗有神，仿佛伸展开手臂拥抱冬日灿烂的阳光。无数常青的树，叶子泛着银光，仿佛积蓄能量孕育滋长。我也曾在心里计划着：到了假日，我一定要来爬山，只有坚持锻炼，才能减肥保持身材。我看见邻居李老师坚持得很好，一个月下来就比先前瘦多了。可是我，说归说，加上冬天来了，人自然的惰性使然，几乎淹没了我锻炼身体的意识。这次可要感谢冬日的阳光，终于让我迈开了锻炼的步伐。

　　在一个被人遗弃的果林里，树上竟挂着尚未成熟的柑橘，果子被风吹落的，被行人摘下损坏的，一路都是，我不禁感叹昔日果实累累的果园只剩下了一棵棵被人遗弃的树，一棵棵自生自灭的树。是不是这些柑橘树已实现了人生价值，到了风烛残年的岁月呢？我的眼前陡然一亮，原来真正的果园出现在我的眼前：一座小木屋，门前坐着两三个人，一只狗不停地叫着。走进栅栏，一眼的果木，黄绿相间，阳光照射下来，满园子馨香灿烂。这可是爬山最大的收获了，自选自摘，称好付款，一人一袋柑橘。最后，我们踩着冬日的阳光，伴着远去的狗叫声和孩子们的欢笑声，悠然地下山去……

  此时，我却一个人落在后面，心中也像这冬天的阳光一样暖暖的，梦里更是充盈着春天的绚丽和秋天的希冀！

城市的树

一座城市，建筑可以作为一种标志；文化也可以成为一种标志；美化净化城市的树也是一种标志，我喜欢城市新来的树们。

这些年，城市变化最大的就是容貌，过去窄窄的街道变得宽阔了，矮矮的房子都变成了高楼大厦，城市周边的田园已被一个个崭新的楼盘取代。在一个小小的县城也能找到高达32层的楼房。城市换新颜，在小县城也能感受到丝丝都市气息了。

在我眼里，真正改变城市容颜的是那一棵棵与众不同的树。有的是在本地生长了多年的香樟树和小叶榕树；有的是远道而来的珍贵的银杏树和桂花树；还有一些不知名的高贵而挺拔的大树，在公路两旁、南北二山、几个新建的公园里济济一堂。有了这些远道而来的"客人"，青山更绿了，公路也更靓了，家乡的小河也唱起了欢快的曲子。"城市让生活更美好"就像流行音符，从上海传遍祖国大江南北，一座小小的城市，以树为依托，让人们有了全新的感受。

把最美的银杏树和桂花树栽种在城市大道的显赫位置，作为迎宾树，是一座星级旅游城市对外来客人的尊重与厚爱；把最美的银杏树和桂花树栽种在南北二山和人民公园，那是对家乡人民的问候和回报。城市的美丽需要树的衬托，更需要我们低碳生活，自觉做出自己的贡献。保护环境，义不容辞。令人欣慰的是，城市的树将和我们一道净化我们居住的空间。

这些外来的"客人"，有的在宽阔的公路旁落脚，有的在高高的南山上安家,有的在优雅的花园小区里驻足。最矮的桂花树有2米高,最高的银杏树达20米左右。一些不知名的大树,重达几十吨,需要大卡车和吊车帮忙才能顺利栽种。这些树曾在自己的老家度过了严寒的冬日,在春寒料峭的日子,就被"树管家"从地里刨出来,火速从一个地方运送到另一个遥远的地方安家落户,就像名副其实的"外来移民",自觉地服从上级部门的安排。

银杏树干有大如盆的,有小如拳头的,刚栽种时都仅有光秃秃的枝丫,要不是根部紧紧包裹在泥土里,还以为是枯树呢。没想到这种树不只是有名的空气净化大师,而且是生命力顽强的战士。天气刚刚暖和起来,树枝就悄悄地发出了浅绿色的嫩叶,在阳光下泛出银色的光。最让人敬畏的是那些高大挺拔的名贵树,有的仅仅剩下一根主干,几根光秃秃的分枝,为了提高大树"搬家"的成活率,显然是被人工煞费苦心处理过的。这些树栽下后就挂着输液瓶,不是为树疗伤,而是为树输送营养,使之尽快复苏,达到水土相服。我无从知道,这样一棵树会牵动多少人的心。我能感觉到它就像明星,因为,它在为城市做出贡献时,它就当之无愧是这个"森林城市"的明星。

城市的树是伟大的,也是坚强的,尤其是这些初来乍到的树。步行在南山步道上,我对每一棵新来的"客人"投以敬佩的目光。在炎炎烈日下,仍傲然不群,坚强站立。那光秃秃的树干上部已发出了嫩嫩的柔条,它们紧紧聚集在一起,就像在大树上筑起了温暖的绿色鸟窝。我想这些勇敢的树绝不是鸠占鹊巢,也绝不是喧宾夺主。它们是在用集体的智慧为一座城市注入新鲜血液,是在用可持续发展的目标为一座城市贴上醒目的标签,是在用殷殷之情福泽子孙后代。在烈日下,它们团结在一起,仰望蓝天,彼此鼓励。起初的折腾,仿佛蒙头睡了一觉,睁开惺忪的眼眸,怯生生地面对眼前陌生的城市和众多陌生的面孔，来不及顾及，来不及犹豫，就被生命的强大力量复苏。那当然是一种义无反顾的选择，这何尝不是树的精神和风骨呢？不论在高高的山上忍受怎样的饥渴，忍受怎样的烈日暴晒，还是遭受怎样的风吹雨打，根已牢牢地扎进深深的泥土。

或许，这些搬迁来的树，曾经在一个大家族里养尊处优，没想到有一天也会因为"森林城市"的需要而离开故土，它们义无反顾地离开自己温暖的家，千里迢迢来到异地执行任务，实现自己成材的理想。大道旁，山坡上，一棵棵珍贵的树就像一位位穿着迷彩服的钢铁战士，从此落户脚下这座美丽的城市，它们将用自己的一生呵护这座城市，释放出源源不断的能量，净化人们居住的生存空间。

走在城市的阳光地带，我喜欢仰望那些新来的大树们。是的，树把普照大地的阳光储存起来，变为绿叶还给大地。树坚定不移地信赖脚下的大地，把绿意和清香回报给养育它的城市。那些怀着殷殷希冀的树啊，它们一定对自己脚下的土地有一种期盼，对城市的人们有一种不言而喻的诉求。

我想，崭新的城市将引领新"安家"的树们，也像城市的人一样快快乐乐地生活。我们能做到的，默默无闻的树一定会比我们做得更好。

夏天的柳

我所见到的最美的柳,都是在水边,也都是在夏季,仿佛这就是柳的性格。

平日里,为工作或生活忙碌的我,休闲时总喜欢到离家最近的河边茶馆品茶,也许是因为那儿有一排柳,这个很不起眼的茶馆就显得古朴雅致了。无论春夏,还是秋冬,这里的人多还是人少,我都因柳而来,也因柳而去。在我眼里,柳总是自信盈怀,用缤纷的四季谱写生命的诗篇,用参天的树干和遒劲的枝条汇聚生命的河流,它借用季节的外衣年复一年地嬗变,给热爱生命绿意的人们思考和顿悟。

我的记忆中也有一排湖边的柳,那应该是成年的柳,自然垂下的绿枝,像一幅精致豪华的帷幕。我唯独选中了那一棵柳,瘦小的身子倚在苍劲的树干上,一片绿映着我那抹粉红色的上衣,阳光透过枝条投射在微波粼粼的湖面,我微笑着,一只手臂轻抚柳的柔枝,定格成一个特写,深得好友的喜爱,成为我高中毕业时赠送学友的留念照。那泛着绿波的湖面,那带着稚气的神态,悠然的表情和站姿,与初夏的柳相得益彰,虽然我已没有了这张照片,但记忆中的柳不会因为时间的遥远而模糊。

"昔我往矣,杨柳依依。"我对柳有一种深厚而钦羡的情感,心情仿佛晏殊笔下的"梨花院落溶溶月,柳絮池塘淡淡风"。在这初夏的河边,我与几棵苍老遒劲的柳树为伴,一杯菊花茶可以陪我一个下午。这时候,我常常手捧一本杂志,痴迷地咀嚼着书里那些或近或远的文字,乐而忘返。我也常常观察那垂向河面的摇曳变化的柳枝,有时竟情不自禁地吟诵起杨万里的诗来:"未必柳条能蘸水,水中柳影引他长。"那没有飞絮的柳树,亭亭玉立,清爽可人,诱惑着我的视觉和嗅觉,让我尽享生活的宁静与惬意。

夏季绝不是一个枯燥乏味的季节,因为柳的身影,生活便多了浪漫的音符。有山就有水,有水就有柳,有柳就有人家。陶渊明《五柳先生传》就因为院子里有柳,主人的生活追求变得淡泊、高雅,精神世界变得丰满、厚重。屋檐下的柳成为陶渊明精神的内力和支撑,使他始终保持着"采菊东篱下,悠然见南山"的出世心态。让今天的人们可望而不可及,或许能享受的是:牵着心上人的手,柳树下,石桥边,听小河潺潺流水,数夜空颗颗繁星,诉生活点点琐细。夏日傍晚,柳树下的散步为热爱生活的人带来诗情画意,为整天劳作的人增添和风细雨,为天天面对油盐柴米的人增补精神的营养和调料。也许,这足以让人在平凡的日子里知足常乐。

"日长睡起无情思,闲看儿童捉柳花。"飘飞的柳,仿佛在倾吐自己生命的价值和意义。历练了冬的苦寒,走过了春的稚嫩,迎来了夏的成熟。诗人杨万里让我看到有柳相伴的人家,生活过得舒适安逸,孩子为家人的生活带来快乐和情趣。那个初夏的夜晚,我和朋友们坐在长江边的柳树下、葡萄园里,聆听江上来往帆船的汽笛,尽情地聊天,肆意地饮酒,欢庆有缘人在他乡难得的一次相聚。栖息在古镇酒店,让我再一次感受到了杨万里笔下"杨柳荫中新酒店,葡萄架下小渔船"的惬意情怀。

夏天,我喜欢坐在柳树下,品一杯菊花茶,醉翁之意不在茶,而在柳。这诗意的柳,生活的柳,化作阳光雨露,悄悄融入我的胸怀,慰藉我平静的生活,滋养我向上的心情。

感受幸福

什么是幸福？

也许幸福就是一声问候，也许幸福就是一句叮嘱。

有时我们在忙碌的工作中，抽时间回家去看看父母，父母似乎不需要什么，只需要儿女的一句问候，就感到幸福快乐；有时，或因我们去外地出差，只要从电话里听到父母的一句叮嘱，我们也会同样感受到幸福快乐……其实，幸福很简单，它常常在我们生活的琐细中。

去爸妈的小院要经过一个小巷，晚上几乎没有灯光，路面坑洼不平，深一脚浅一脚的。白天忙于工作，好长一段时间我都选择晚上去看望离我家不到两公里的爸妈，巷子老是黑黑的，自从我不小心摔了一跤把脚崴了后，我就选择中午或下午匆匆去一趟。那天工作忙完已是晚上九点，屈指一算我有半个月没去看望父母了，他们还好吗？我决定当晚就去看望父母，到时就留宿在他们那里。

我事先给爸妈打了一个电话，说马上要过去看望他们，这样，爸爸就会打着手电筒在楼下接我。走进小巷，小院里便传来了电视的声音，刷锅洗碗的声音，大人们呵斥小孩子的声音……借着微光，我发现小巷已没有以前那样暗淡，甚至地面的石子凹凸处都看得清楚了。走着走着，我抬头向爸妈的阳台望去，哇，我看见了年迈的爸妈在阳台上忙碌，他们正在把屋里连接了电线的一盏灯，往阳台上移来，就像晾衣服一样，把一盏灯稳稳地挂在了窗外的护栏上。灯光透过夜色从阳台上洒下来，不但照亮了整个阳台，阳台下面的小巷也顿时亮了起来。

我的心里感到很安慰，是不是爸妈听说我要过来，担心我视力不好，专门为我照亮小巷的呢？

我加快了步子，来到了阳台下的楼脚，还在外面我就叫起爸妈来，妈妈说："幺姑，快上来，你爸没下来接你了。""不用接啦，巷子这么亮呢！"我说着一口气就跑上了爸妈住的三楼，爸爸开了门，显得有点疲倦，一定是在阳台上挂灯时忙累了吧，见到我，还是很开心地说道："总算过来了，我还以为你生爸的气了呢？这么近，半个月不过来还忍得住呢！"我打趣道："我呀，是过来看小侄儿的。爸，你和妈的身体还好吧？"我边说边走进里屋找妈妈，妈妈还在阳台上张望呢。"妈，我不是到家了吗？你还在看谁呢？"说着，我就来到了妈妈面前。妈妈笑着说："幺姑，我在看你的侄儿小奥呢，他马上下晚自习从学校回来了，以前都是你爸打着手电筒去楼下接，现在你爸的腿脚不太灵便了，我就建议他每天晚上把这盏灯挂在阳台上，不但方便了小奥，也给他人一个方便嘛！"听着妈妈的一席话，我不禁为爸妈的好主意高兴，不知怎的，心里也泛起了酸酸的感觉，是呀，岁月不饶人，爸妈都渐渐地老了，可他们还很细心地照顾着自己下一代的孩子，我感到他们是最乐意奉献的人！在当今的工薪阶层里，有多少像我爸妈这样的老人，他们的晚年并没有闲着，而是继续在为儿女忙碌着，力所能及，任劳任怨，默默无闻，甘当子女家庭的勤务兵，并因此感到幸福、充实而快乐。

侄儿回来了，进屋就叫爷爷奶奶，还不知道我这个姑姑也在阳台上一直看着他走过小巷呢。见到我还以为是他妈妈，忽然伸过小手来蒙住我的眼睛，与我玩起淘气来。小家伙甜甜地叫着"姑姑"，坐下来就给我们讲他班上的趣闻。还不到12岁的他就上了初中，父母都不在身边，走读跟着爷爷奶奶，挺讨人喜欢的。我陪着父母看看电视聊聊天，本想在爸妈家住一晚，但看到父母很开心，精神面貌挺好，心里就踏实了。我亲眼看到父母布置的灯盏把小巷照亮了，我决定再借父母阳台上的灯光回到自己温暖的小家。也许以后每天晚上侄儿回家时走在小巷里看不到爷爷奶奶欣喜的神情，我每次看望父母时也不会看到他们在阳台上翘首的身影，但回家的感觉就像嘴里衔着一颗糖，一直甜到心窝里。

原来幸福就这么简单，它蕴藏在生活的琐细中，不需要华丽的物质，不需要令人羡慕的举动，往往一声平平常常的问候或一句唠唠叨叨的叮嘱就够了。现在只要有空，我就常回家看看，喜欢聆听爸妈的唠叨，喜欢陪伴爸妈拉拉家常，然后再借着爸妈阳台上的灯光，幸福而惬意地走在回家的路上。

读书是一种境界

　　读书是一种境界,当夜幕降临的时候,独坐书桌前,打开台灯,翻阅自己梦想已久的好书时,那是怎样一种心情呢?宁静,惬意,喜悦……著名女作家杨绛说得好,读书好比串门儿。是啊,我们自由地阅读,不必打招呼,也不怕搅扰主人,翻开书的封面就闯进了大门,翻几页就登堂入室,便可参见钦佩的老师或拜谒有名的学者,不管他是国内的、国外的,还是古代的、现代的,也不管他是学什么专业、干什么工作的,是讲大道理还是聊天说笑的,都可以自由地去倾听个够。谁也不会干涉我们,这是心灵的自由境界,是在一天工作后疲倦时难得的惬意啊!

　　读书是一种境界,一本好书,她可以洗涤我们的心灵,让我们浮躁的心变得淡泊宁静;她可以抚平岁月留下的疤痕,让我们曾经伤痛的心变得快乐开心;她可以为我们弹奏悠扬的乐曲,让我们孤独的灵魂找到皈依的去处。书永远是我们的精神食粮,书永远引领我们走在时代的前列,书让我们精神昂扬,心驻芳华。

　　读书是一种境界,佛说"三千大千世界",可谓大极了,书的境界呢?一如佛说:过去界、现在界、未来界,实在是包罗万象,贯通三界。我们可以足不出户,在这里拜师求教,何乐而不为呢?令人费解的是,在物质生活丰富的今天,人们已不缺吃,不缺穿,甚至不缺房,不缺车,不缺钱,真正缺的是精神食粮——书籍。一位富翁,房子、车子、票子,什么都有了,可豪华的居室里竟然找不到一本书,这是喜,还是悲呢?

也许有人会说，这有什么可悲呢？如今网络时代，一部电脑就是一座图书馆，还愁没书看吗？然而，真正网上读书的人又有多少呢？人们对上网聊天习以为常，对网络游戏习以为常，对建博客学会炒作习以为常，真正坐下来手里捧一本书，反倒觉得陌生了。

　　过去，人们常批评读书人放不下架子，我看现在是需要我们放下架子来读书了。你看，有的人整天沉迷于游戏、麻将，成天喜好喝酒娱乐，忙于事务应酬、谈天交友，哪有时间和心情读书哟！现在的人，要放下架子读书，真难！其实，我们也并非追求古人的"红袖添香夜读书"的庄重，我们可以学习美国人读书，美国人读书在吃饭的桌子边、在厨房里、在闹市中，一块小草地，一两张椅子，椅子上一坐，就读得津津有味。读书，我们不能借口没时间、没环境。一个真正肯读书的人，即使旁边麻将声声，甚而旁边骂声嚷嚷，也可以读书，关键是我们要把读书当作一种志趣。

　　时代发展到了今天，我们拥有了丰腴的物质，绝不能做精神的乞丐。读书，让我们找到了通往精神殿堂的必由之路。了解自我，了解周围的人和事，了解我们的现在和未来，冷静地对待人生，学会珍惜，恐怕这些道理从书中来得更容易些。朋友，当我们饥饿的时候，让我们走近书籍，乐观地把书籍当面包吃吧！这样，我们的身体定会更加强健，精神定会更加高昂，当我们把读书当作一种志趣，一种追求，一种浪漫，常常走进书的境界时，我们是在不断地提高生命的含金量。

野菊飘香

每年的仲秋时节,在乡村的旷野和小山坡,野菊如期而至地开放。

这开得黄黄的、散发着醉人的芳香的野菊,没有人工的呵护,也没有自然的特殊眷顾。仿佛一夜间,就为秋收后萧索的秋山穿上了锦裳,秋收后的秋山陡地变得亮堂起来,劳动的人们呼吸着阳光般的香味,一种暖融融的心境油然而生。

那一球球、一簇簇、一片片的野菊花,绽放着迷人的笑靥,你挨着我,我挨着你,她们齐刷刷地睁着杏眼,放出金色的秋波,让人心旌荡漾。这仅仅是平凡的野菊花啊,却在每个仲秋时节,成了大地无法拒绝的约会,这是秋的骄傲,也是自然对季节的馈赠。如此周而复始,从不间断,为从古至今的人们幽幽地奉献着她的清香。

这幽幽的清香是从屈原的《离骚》里飘出来,是从陶渊明的东篱墙飘过来,是从元稹的《菊花》诗中提炼出来,是从陈毅元帅的《秋菊》里扩散开来的。那袅袅的清香犹如云蒸霞蔚,濡染着仲秋时节干燥的空气,她要大肆浸润庄稼和土地,净化人们的呼吸,还有那万物的灵魂。

我见过漫山遍野的野菊花,也见过零星散落的野菊花,她们似乎都拥有相同的笑脸,仿佛自然鬼斧神工的复制;她们都青睐相同的金色,仿佛穿上了阳光赐予的霓裳;她们都拥有相同的气质,仿佛在齐心协力完成大地交给的使命。无论从南到北,还是从东到西,自古以来野菊花就一个模样,她们端庄素雅、锦簇群芳,在阳光下散发出金秋的余光,仿佛在延长秋的寿命。有了野菊花,秋山不再干枯萎黄,旷野不再单调冷清，农人不再烦躁不安。原来萧瑟的秋不曾萧瑟，因为野菊花平添了无限的韵味和魅力，秋因了野菊花越加厚重。

这时，我忽然明白了，人们爱菊的缘由，不仅仅是野菊傲骨、勇敢、进取，更重要的是野菊的坚韧和坚持。一位位坚守土地的庄稼汉，自己的一生都与土地相依相伴，辛勤的汗水浇灌出的累累果实是他们为家庭、为社会奉献的野菊般丝丝缕缕的清香；一位位坚韧留守的农村妇女，默默地在劳动之余挑起抚养老人和小孩的重任，她们就是山坡上那一簇簇幽香的野菊花，乐于奉献，心甘情愿……我们的身边有太多平凡而重要的人，他们何尝不是那坚韧顽强的野菊花！

每年的仲秋时节，我都到农村的山野去呼吸带有野菊花幽香的空气，看见农人们如痴如醉地在有野菊花的地里劳作，呼吸着阳光般的香味，让野菊花的幽香沁润心房，我的心中溢满暖融融的幸福和温馨。

迎春的枇杷

在南方的旷野,冬季能见到的枝头上的果子,最常见的恐怕就数枇杷了。一年四季,大多水果在夏秋成熟,而枇杷当之无愧称得上是报春的水果。

无论是花,还是刚挂枝头的青果,连同枇杷树的干、枝、叶、根都经历了严寒的考验。较之还在冬眠的光秃秃的李树和桃树来说,枇杷树一直在忙碌着。枇杷天性喜欢温暖,然而季节却往往残酷到极限。严冬里,白朗朗的花开满了枝头,似与梅花竞相开放,人们可以尽情地欣赏花的灿烂,却不能一厢情愿地期望果子的数量,因为谁也不能保证枇杷花不遭受寒风的摧折和低温的冻伤,没有人数得清一棵枇杷树开了多少花,可一棵树我们往往有耐心数得清结了多少果。

老家门前的这两棵枇杷树已有茶杯那样粗了,它们是我从果农冉老师果园里搬回来的,当时只有大拇指粗。这个品种最初是从外地引进的五星枇杷,但我带回家就忘了,细心的老爸发现后,便栽种在了屋门前的空地上。枇杷树成活后,前两年就像木偶一样傻傻地成长,毫无开花结果的迹象,又过了两年,树干渐渐长粗了,两棵树就像比赛长高似的,阳光充足的那棵树个头长高了好长一截,可就是没有开花结果的痕迹。在一个春天的上午,冉老师顺路经过,问起曾经的枇杷树果子结得怎样了,我说:"你看路旁的两棵枇杷树都快成风景树了。"这让他大失所望。第二天,冉老师就拿着工具给枇杷树做了嫁接,冉老师遗憾地说:"这可是你们自己酿成的啊,栽种了就要好好管管嘛!"我的老爸笑着说:"老冉,你是种果树、种花的,可我是专门种菜种田的,谁知天生的果树也那么讲究呢?"我、老公和孩子听到他这番话都爽朗地笑了,也许枇杷的春天真的要来了。

　　从此,每到春节回到老家,我和孩子都要仔细地观察门前的枇杷树,看看开花没有,结果子没有。嫁接后的枇杷树果真跟先前判若两人,第一年就开花了,可无果,第二年也开花了,可果子很稀疏,到成熟时节几乎树上的果子寥寥无几,似乎这两棵枇杷树就要淡出我的记忆了。枇杷树嫁接后第三年的初夏,老爸从农村提了一大口袋黄澄澄的枇杷到城里来让我们品尝,我知道老爸不会去费这么大的力气买来,果真是自家门前的枇杷!我心花怒放,我们一直等了七年啦!仔细看着一颗颗晶莹剔透的枇杷,每一颗都带着笑脸般的五星,还未大口大口地贪吃,早已甜到了心里去。

　　今年春节,回到老家过年那些天,天气还很冷很冷。来到枇杷树前,我是那么的轻手轻脚,不想惊动树上的"宝贝们",它们一定躲在树妈妈的怀里悄悄地熟睡呢。地上的残花已经变成了酱色,树干就像脊梁,撑起了小小枇杷的家园,枝丫在寒风中微微摆动,像在招手示意,远看只有酱色的残花包裹在枝条上,满眼是叶子的绿色。我走近了,目光定在了一根枝条上,大的果子已有小指头般大,有的两个、三个挤在一块取暖,露出青涩的笑脸,在凋零花瓣的遮掩下,显得羞羞答答。老爸告诉我说:"等天晴了还要为果子打打除虫剂,进行人工包装,保护果子的皮肤不受污染,果子密的地方还要舒枝护果,才能保证收成呢!"原来老爸把种菜的精力分了部分在枇杷树上,我们才能尝到自家果树上鲜美的果子啊!

　　春天来了,乍暖还寒。我想在暖融融的春阳下,高挂枝头的青涩枇杷将是春天里最骄傲的水果了。

攀登的背影

我曾攀登壮丽的五岳之一华山，是那些攀登的背影，激励我不断向上，向上。

去华山，在瓦庙沟索道口排队时，我被一位老太太的背影吸引了，她一边随着大队人马向前移动，一边与前后的游客津津有味地攀谈。我好奇地打听这位老太太的年龄，原来她已78岁了，家就在附近，几乎每个星期都要去华山北峰走走看看，年轻时走路，现在年龄大了，就乘索道。我心里不觉一震，多么令人佩服的坚持啊！看到高高的悬在千沟万壑之上的索道，我的心跳开始加快，然而眼前老太太从容登上索道仓的背影仿佛让我服了镇静剂一般，我开始笑着从容面对眼前险峻神奇的华山了。

攀登者的背影是需要仰视的，人流如织的华山对于攀登者的背影几乎是全景式的缩放。来到北峰，仅仅徘徊在比较开阔的地方仰视群峰和攀爬者的背影，还不能体会到华山的险峻。经过擦耳崖时，山路窄得只能容下一人经过，下面就是万丈深渊，眼神绝不能东张西望，只有小心翼翼地跟着前面的人流背影向前攀去。来到智取华山的险要处，是一堵近乎垂直的光光的石壁，两侧仅有向上攀爬的铁锁，我近距离地看到了向上攀登的背影：身体微曲，手脚并用，匍匐向上，那是对山的虔诚，一次、两次……甚至挑战多次，游客才勇敢地站在了高处。攀登也需要技巧，需要力量，才能一次又一次自信地站在攀登的高点。不少游客看到此情此景，吓得折路返回了。

有道是"无限风光在险峰",我们翻过一座山坳,远远地看到与山体垂直的两道天梯耸入云霄。秋阳当空照,天梯上的人流背影鲜亮,简直就像两串缓缓移动的彩色蚂蚁。近了,来到山坳登梯的平地上,我长长地嘘了一口气,这里几乎成了一条小吃街,好在我们自带了干粮,只见又一拨游客悻悻地向原路折回。为了攀越更高,探访更险要的风光,我们团队一共有21人,除了3人就此打住外,其余的已毫不犹豫地向天梯攀去。前面的背影就是旗帜,再胆小的人也可以挑战自己,勇敢尝试。我知道,这时尤其需要毅力和韧劲,还要有平和的心态,一着急腿就会发软,脚就会不听使唤,后面的游客就会看到自己歪歪扭扭怯懦的背影。一旦上了梯子就只能向前,向上,是不能后退的。我紧跟前面攀登的背影,一心一意,一步一步谨慎地向前挪去,终于在筋疲力尽时,我和队友到达了高高在上如宫殿般华丽的金锁台。然而,这还不是华山的最高点。我看到更多的游客滞留在了这里,我那灌了铅似的双腿几乎迈不开步了,是继续攀爬呢,还是留在这里休息会儿就下山呢?正在犹豫不决时,一道登山的六十岁的柳老师乐观的态度和稳健的身影感染了我,我咬咬嘴唇,决定继续与他们一道攀登更高更远的西峰。

在攀向更高的山峰时,柳老师的背影一直是我的路标,山路时而陡峭,时而平缓,欣赏着自然的美景,呼吸着穿透肺叶的清新,几乎忘却了腿脚的酸疼。山上的植被更浓了,山道上的人也越来越少,下午四时许,秋天的山林已经有了薄薄的雾霭,越向上雾气越浓,随着山风飘散成浓得化不开的云。小心踩过一道倾斜向上的裸石路面,我们像朝圣的信徒,在浓重的雾霭里,穿着白色的纱衣,直奔西峰山顶而去。一座雄伟庄严的古庙清晰地展现在我们面前,先前的雾气突然消散了似的,两棵遒劲的古树遮天蔽日,焕发出勃勃生机,仿佛在欢迎每一位达到西峰的游客。翻过古庙，我们看到了一块高耸入云的巨石，上面正有零星的攀登的背影，不用提醒，我们自觉地排着队列，仿佛等待最后神圣的检阅。依次经过一道窄窄的关口，我们向那最高点缓缓攀去，一个个攀登的背影，显得凝重而庄严，在大石的中间，我们振臂欢呼，开怀尽兴之余，请人摁下了精彩的一瞬。细看照片，原来偌大的团队现在只有七人，还有一个六岁的小孩。站在西峰的最高处遥望远远的侧对面，那是气势雄伟的南天门，山尖拨开层层雾霭，在秋日的晴空下熠熠生辉，那遥远瑰丽的南天门将永远留在我的记忆里。

　　下山的背影是寥寥落落的，斑驳稀疏的，我们是落在后面的一群，也是整个团队攀爬得最高的一群。回头看看来路，才真正明白华山险峻的用意。那堵垂直的石壁，那长长的耸入云霄的天梯，用现代化的手段完全可以降低华山的险峻，可仍然保持着人工打凿的原貌，这何尝不是造物主对人本身的检阅和考验呢？不论前方高处有多险峻的障碍，只要有攀登的背影，后面就会有源源不断的勇士向上，向上……

　　不是每个人都能做第一的，那些攀登的背影，是后来者的路标，一路攀去，不畏险阻，只因高处的视野更开阔，登高的心胸更豁达，脚下的道路更坚实。

美丽那拉提

当我来到新疆，进入那拉提，我期待的是那里的美丽草原。

一路上，我琢磨着"那拉提"这三个字，它是那么富有诗意，在嘴里念叨时，像泉水叮咚响，像清流汩汩流动，让人不自觉地有一种激动和兴奋。历史记载成吉思汗西征时因那拉提"柳暗花明又一村"，给当时的将士们带来了信心和希望，因此，那拉提被誉为"有太阳的地方"，如今它也是人们心中的美丽圣洁之地。

在我眼里那拉提哪里只是一个地方呢？这里的一位纯洁可爱的哈萨克族姑娘让我对那提拉更加难以忘怀。她穿着艳丽的哈萨克民族服装，在朝阳的映照下，红扑扑的脸蛋笑起来像莲花那样灿烂。她带领我来到了她家居住的毡房，这显然是厨房，在门口就能看到高高的灶台，上面有好大的一口锅，盖着木盖子。她的母亲正在对着灶台一面的案板上忙活，上面整齐地放着各种蔬菜和拌料，只见她母亲优雅地转身，轻轻地就把偌大的木盖子揭了起来，蒸汽冲了出来，"哇，好香啊！"原来是热气腾腾的一大锅羊肉，馋得我直流口水！引得大伙都走过来看看，闻闻，这香气很不一样，有种天然醇浓的原生态味道。可以想象，接下来，我和朋友们分享的将是怎样一顿丰盛的晚餐了。

下午六点了还艳阳高照，离晚餐时间还早，我们决定去看看那拉提美丽的草原。我们选择了骑马，小姑娘只有十四岁，俨然家里的小主人，用流利的普通话跟大家交流，比如需要几匹马，一小时多少价钱，几乎不用大人来敲定,就能跟客人谈好价钱,再独自带着客人骑马去草原玩。这里的每户人家家里都有几匹马,为了让大家都能骑上马,在四五个孩子的招呼下,很快就把邻居的马匹吆喝来了。大家选好了自己喜欢的马,有的一跃而上,有的踟蹰徘徊,最后在哈萨克少男少女的带领下,一群马队欢快而去……我骑的这匹马五岁了,是一匹年轻稚嫩的马,还显得不那么膘肥体壮。小马在鹅卵石上一踏一踏地走着,偶尔前脚一怔一滑,又很快稳住,继续前行。我的心绷紧了,生怕马儿不小心摔倒了,自己可就难受了。尽管小马的脚多次打滑,但也坚强地在鹅卵石滩上稳稳地走着,我的心几乎保持着一种持续的紧张度。陪我骑马的是一位十五岁的哈萨克少年,也会一口流利的普通话,今年上初三,在附近一所双语学校上学。他看我有点紧张,便不停地开导我,不用害怕,不用担心,小马都走习惯了的。他一会纠正我的坐姿,一会给我讲他们接待游客的趣事,好不容易让我的情绪慢慢放松下来。

很快,我担心和害怕的事情还是来了,是小马过河和步行独木桥。在那拉提草原上,一条条清澈的河流像排列有序的平行线,河水有缓缓的、浅浅的,也有湍急的、深水的,耳畔全是哗哗的流水声。要到对面的空中草原去,我们的马队要蹚过五条小河,第五条河水较深,马蹚河,人走独木桥。小马开始蹚河了,我竟不害怕了,试着放松心情,开始对小马产生了信任感,只见水里也是鹅卵石,可以清楚地看清河底,小马蹚得很小心,一步一步踏稳了,匀速前进,水在流动,马在横穿,我的视线游移旋转,感觉在空中漂移,神游天地一般,马脚偶有打滑,让我定神凝视前方,不觉向往的草原离我们越来越近了……来到独木桥处,在哈萨克少年的指挥下,我们一行人全都下马来。到了深水区,为了不让我们湿身,马匹全蹚过去,我们走独木桥,桥面是一根圆形的水泥电杆,镂空,手可扶住一侧的铁架,只要慢慢移动,危险处有人搀扶一下,就能顺利过去了。其实,担心和害怕都因骑马和美丽的草原一扫而空了。

我们骑着马又在公路上走了一里多路,那有节奏的马蹄声"嗒嗒嗒"地萦绕耳鼓,简直就像一首宁静的山野之歌。哈萨克毡房离我们越来越远了,忽然想起,没有车辆的时候出行,马是多么难得的伴侣啊!我们将选择一条近路直入草原中心,一直到对面像绿毯一样苍翠的草原之山,还有那神奇的空中草原。

视线渐渐被一片绿油油的、野花点缀的草原紧紧裹住,视野开阔得一览无余,直到远处缓缓挡着的绿色屏障,偶尔有几株绿树插花般缀在山腰,让人感觉视线才有了起伏。这草啊,不如说是花,我把它取名叫"草花",草多,花少,撒播得如此恰到好处,真是巧夺天工。整整齐齐的草,两尺来高,几乎没有杂生的,都是一个种族,一个模样。在夕阳的沐浴下,透出一种饱满的精气神,"天苍苍,野茫茫,风吹草低见牛羊"是多么切身的感受啊!我们来到了山的高峰,草场深处,草更深更密,花更多更香,我们尽情地亲近马匹和草花,嬉戏在草丛里,采摘野花,编织花环,唱着儿时的歌谣,任歌声、欢笑声传播到更远的草间,流淌出青春的音符和诗情画意……远处的麦田仿佛沉睡了,布局齐整,成熟时节,金光灿灿,黄绿交错,宁静悠远;眼前山野,清新牧场,沁人心脾,沉醉如绿海波涛,整个那拉提就是一个美丽的童话世界。

两个小时转瞬即逝,大家都依依不舍地骑马往山下走去,当我们回头走出草原时,那是快马扬鞭的声音,耳际呼呼的风声,急促的马蹄压着绿草野花发出的"扎扎"声,载着我们的一路欢快,一路收获,直奔我们刚来时的独木桥和五条小河。我们原路返回到哈萨克小姑娘家的毡房,已是晚上八点,正是晚餐时间,太阳还舍不得下山,照着白色的毡房，温暖祥和，熠熠生辉。

从此，我有了第一次骑马的经历，是在新疆美丽的那拉提草原，一个神奇又迷人的地方。

静静戈壁滩

踏上西北这片土地之前，我从来没有见过如此浩瀚的戈壁。

当火车行驶在甘肃和新疆交界的地域，我盯着窗外一片片荒漠戈壁，眼睛陡然变得干涩起来，像有条条皱纹爬上了眼角，进而心也渐渐褶皱了：茫茫戈壁，匆匆过客，穿越腹地，大漠孤烟，你在哪里？寻觅四野，穷尽眼力，悄声寂寂，阳光无语，我心戚戚。放眼望去，满眼都是赭黄赭黄的沙石，一直与天边相接，就像浩浩荡荡的赭黄色海洋，不见船帆，不见烟火，沉寂得令人窒息，令人长叹。双目睁得有些痛，我已想象不出王维笔下那"大漠孤烟直，长河落日圆"的景象，会是怎样一幅色彩单调寂寥的工笔画。眼下唯有夏日的烈焰衬着蓝天白云，丝丝微风拂面，似乎有种说不出的与众不同，或许，我误解了这片疆域，眼下的土地不完全是一片沉默的世界吧。

越往西走，日晒越强，土地越干，戈壁越广，地貌变得凹凸不平。这里常年雨水稀少，雨下到空中就挥发掉了，除了黄土飞石，几乎没有一棵绿色植物。我在尽力搜索村庄和人烟，一小时过去了，两小时……一无所获，我不禁想到这儿的土地是不是太廉价了？是不是没人看管而废弃了？如此这般辽阔，难道就是这无用的辽阔吗？土地啊土地，你为什么不生长在发达的城市边缘用于开发呢？为什么不处在风调雨顺的地方让人们耕耘呢？难道你也有尊卑贵贱，也有心酸和苦难？遥望戈壁深处，我的眼前仿佛出现了丝绸之路的繁华，那里有人烟，有村庄，有繁华的街市，成群的马队，来来往往，热闹非凡……因为战争，因为恶劣的气候，这里成了今天荒凉干枯的模样，就像一位耄耋老人，他曾经是多么英俊潇洒，血气方刚，可如今已变得满目沧桑，踽踽独行，垂垂暮矣。我的心被戈壁深深刺痛了。

我甚至嫌火车速度太慢，整整一天都走不出戈壁的桎梏。好不容易有了点安慰，我终于看到了远远的戈壁上有一架架风力发电机。它们整齐有序地分布着，像是守卫戈壁的卫士，在风的带动下，匀速地旋转着，忽远忽近，有序排列，像是给这里的过客投来轻松愉快的笑脸。再往前，戈壁深处出现了一座座厂房，不远处矗立着一台台高大的机器，那是西部油田的石油钻井台。那里有正忙碌的工人，他们通过机器的运作把石油开采出来，通过地面管道运输到不远处密密的厂房，经过加工提炼，再运送到城市和乡村。偶尔一条清澈的小河从祁连山脉流淌出来，眼睛立刻就被滋润了，我想是不是黄土表面给人贫瘠的印象，内心却藏着黄金一样的宝呢？看似一样的黄土，却有不一样的价值啊！

偶尔，我的眼前飞快地掠过一片黄，一片绿，那一片片成熟的麦子是被黄土滋养的，那成片相连的棉花地是被黄土养护的，那齐刷刷的如哨兵一样列队整齐的玉米地更是黄土地的守护者，它们与黄土都有着割不断的血脉关系。在偌大的戈壁世界里，深埋在地下的也一定是黄土，金子般的黄土。当一片片庄稼出现在眼前时，我欣喜地从座位上站了起来，"咔咔咔"地摁下快门，我感到单调也是美，也是奇迹。庄稼的出现，让我看到了西北黄土的包容、坚韧与豁达。

在新疆境内，这样的荒滩戈壁不在少数，一出现就是方圆几十甚至上百公里，几乎没有人烟，人在车上一眼望不到边。表面上它的出现拉大了贫富差距，其实不然，荒滩戈壁藏着石油等能源宝藏，等待人们去大西北开发。那一望无际的草原是少数民族的家园，也是他们豢养的牛羊的乐园，依水草而居的游牧民族祖祖辈辈都在草原和戈壁间游走，寻找着属于他们特有的快乐和财富。一个赶着羊群的牧羊人，手里拿着一根鞭子，背上扛着一个包裹，里面装着干粮——厚厚的一叠馕，香脆可口，可以伴随牧羊人在外与羊幸福的"流浪"。沿着水草而行，人与羊和谐共处，可达一个月以上，直到背包里重达好几公斤的一块块馕被主人慢慢啃噬光，这才是牧羊人回自家毡房的日子了。最初的瘦羊已经变成了待宰的肥羊，牧羊人在冬季来临之前，赚够了搬家费，凑足了生活资金，习惯了过与世无争的小日子，哪怕是有风险，他们也延续着祖辈的传统。近年来，国家对少数民族出台了优惠政策，经济上给予了大力扶持，过去祖祖辈辈借助帐篷依水草而居的哈萨克游牧民族逐渐定居下来，成为富有特色的村落。旅游业日渐兴起，他们的毡房，作为独有的民族文化对内地游客有着极大的吸引力。

  静静的戈壁滩，有水草，就会有人家，有牛羊。一群群，一片片的牛和羊，在蓝天白云的衬托下，在开阔的浅草戈壁上，天女散花般，把大地装扮得宁静而祥和，没有音乐，仿佛有一曲一曲婉转的新疆民歌萦绕耳际，若有若无，辽阔旷远，心灵顿觉有被洗涤的清爽和澄澈。在这片神奇的土地上，草原和戈壁总是相伴相行，浅草地伴着戈壁滩，戈壁深处流出清澈的雪水滋润着一眼望去并不茂盛的草地，却早已吸附着惹眼的牛羊。它们像着了统一的行装，大小相似，身材匀称，羊头纯白，羊蹄纯黑，羊颈上围着一圈黑，像人工打的领结。它们在阳光下草原上安静地啃着浅草，偶尔抬头望天，那姿势十分帅气迷人，当地人们把这样装束的羊统称为"羊绅士"，它们是游走在戈壁浅草间最美丽的羊。

  纯粹的戈壁滩是没有羊群的，更谈不上居民和庄稼，一望无垠，干涸得令人心疼。心疼后给人的却是惊喜，却是震撼，因为戈壁地下蕴藏着鲜为人知的石油和清泉。这，就是西北土地的性格，安静不张扬，沉静而内敛。恰似如此,在那里产出了驰名中外的香梨,最好的葡萄和枣子,以及数不胜数的干果。

静静戈壁滩反衬出草原和湿地的倍加可贵。我们要利用和呵护好西北有限的水和草,让它们发挥出更大的效能。同时,我们不能轻视和忽略茫茫戈壁滩,它的能源和地下水,永远是西北发展和生存的源泉,也是支援内陆和沿海发展的强大磁场。

我梦想再次踏上西北广阔的大地时,戈壁也能成为各行各业发展的新兴之地,越来越多的戈壁已悄悄地变成了绿洲……

夏日乡村

周末，我应朋友邀请，到葡萄园摘葡萄。没想到人们被夏日乡村的美景吸引，参观葡萄园摘葡萄却成了一个名正言顺的借口。

顶着烈日，我和朋友们漫步在田间小路，左右都是刚抽穗的青青的稻田，中间偶有一块莲藕田。稻田被田埂分割成块，田埂上是绿油油的黄瓜藤、丝瓜藤，叶下藏着成熟的黄瓜和丝瓜，有的触手就可摘取，有的高高地挂在高竿上，迎着炙热的太阳，毫不退却。匍匐在地上的多是南瓜藤，有的还开着黄艳艳的花，在烈日的强照下，没有一丝蔫溜溜的痕迹。或许是上午，农作物们经过一整夜的能量积蓄，还足以对抗火热的夏日。

走在田间小路上，我们不时地给车让路，一辆辆进村的载人摩托车，飞一般地在田野的小道上驰骋，红的、黄的、蓝的，成了一道道风景，在安静的田野上敲出了欢快的音符。我这才注意脚下——这哪里是一条寻常的田间小路呢？一块一块条石镶嵌平整，路面足有2米宽，不断向前延伸，几乎哪里有农家，路就延伸到了哪里，看上去每块石头都像是刚铺上去的。我的脑海里闪现出了新农村建设的火热场面：一辆辆人力鸡公车托着长长的石板，一位位农民笑盈盈地排成队从公路向大山深处的村庄进发，他们起早贪黑，为修好路，可以忙上一个月不休息。鸡公车推到哪里，路就修到哪里。哪里有人家，哪里就有政府补贴修建的标准化村级公路。我原以为仅仅是我的家乡才受到这样的优待，没想到在广大的农村，这个新农村目标的建设正在日益扩大，给越来越多的老百姓带来实惠。以前闭塞的村子通车了，过去下雨泥泞的土路不见了，老人小孩都能安全地上街进城了。到了收获季节，收割机可以直接开到农家院子里为家家户户完成各自的丰收之梦。

满眼尽是成熟的绿，温热的夏风拂过，荷叶泛起了银色的光，稻浪一排排涌来，远远望去，白墙灰瓦的农家院子，仿佛一个个绿海里的小岛，在远山的烘托下，格外清朗而静穆。走进农家院子，烈日仿佛藏匿了刺眼的光芒，稻田就在院坝不远处，再往前是一片蔬菜地，房前屋后环绕小院四周的是一棵棵果树，有柑橘，有梨树，有桃树李树……恰逢墨李和梨子成熟时节，刚到朋友家坐下来，大家就抽身出去亲近果子了，料想是没有喷洒农药的果蔬了，看着成熟的梨子挂在枝头，心痒痒的，也未经主人同意就摘下，津津有味地啃起来。墨李就更多了，边走边摘，边往嘴里送，菜地里一个个刚熟的黄瓜也被大伙摘来一口一口分享……安静的乡村，陡然多了一群陌生的城里人，那笑声和贪吃的模样简直不亚于农家孩子的淘气劲。

葡萄园的葡萄被朋友端上桌，大家一边品葡萄，一边饶有兴趣地聊着天。大家都有一种感慨：夏日的暑气，竟然全都被朋友的热情好客给消散了。朋友烧的饭菜自然是带有农家气息的，绿色原生态的。那酒那菜那欢笑散发出来的醇香，久久地回荡在朴素而生机盎然的小院里。

蓝花楹的风采

当一片蔚蓝色的花海展现在我们眼前时,我们的内心立即被宁静、幽邃、深远包裹起来,进而被她清丽脱俗的气质深深吸引。每年的夏秋季节,炎热的气息扑面而来,蓝色的清芬就会把浮躁的大地一下子变得清凉、静谧了……有人说,她是忧郁的,冷淡的,了无朝气的!不,在这里,她有着鲜为人知的风采,她就是大足区人民医院的蓝花楹,她是稳健的、智慧的、开阔的、大爱的。

走在区人民医院大门前的广场上,抬头望去,我们就会看到大门左右两侧各有一株醒目的蓝花楹,树身约10米高,树冠直径约3米,尽管还不是很强健,但她们的到来陡然为院大门增添了几许亮色,为这里已有的元素增添了祥和的因子。也许没有多少人知道这是远道而来的巴西落叶乔木,甚至人们很难准确地说出她的名字——蓝花楹,这都没有关系,我们更愿意看到那些熟悉的,或不熟悉的人们从容地来到树下,微笑着驻足,仰望,欣赏,谈论……为她们着迷,为她们发出啧啧的赞美,为她们露出会心的微笑。夏秋之交,当蔚蓝色的花朵缀满枝头,当飘飞的花瓣凌空飞舞,当门口溢满清幽的香气弥漫在来来去去的行人中,这将预示着一个多么亲和、温暖而迷人的秋天!

人们不会相信,就在我们身边,还有这样一个温馨和美的地方,"和合理念""福寿文化""海棠莲溪""杏林春暖"……一草一木关乎情,一叶一枝都是爱,这里是生命的隧道,绿色的隧道。医院成为大众身心接纳的去处，成为病人理想的心灵港湾，成为健康人例行关注的场所。当我们焦急地走进医院大门时，急促的脚步声"突突"地敲打着心坎，是门前高大的蓝花楹默默地迎接我们的到来，她们宁静而忧郁的眼神是如此清亮悠远，像在虔诚地祈祷，一直伴随我们走向需要的部门寻医问药，又快又好地找到医生护士，及时解决病人疾苦，这一定是蓝花楹和我们共同的心愿。当我们的脚步变得舒缓、轻盈，迈着轻快的步履走出医院大门时，两棵亭亭玉立的蓝花楹笑了，她们在向我们亲切招手，如盖的枝叶或一树艳丽逼人的蓝花，伴着温情问候，香气徐徐涌来，怎能不依依惜别、倍感温暖？一天24小时，蓝花楹优雅地矗立在医院大门左右，迎来送往，倍加呵护，乐此不疲，生机盎然。她是医院精神的化身，她是医者美德的影射，她是康健福德的见证。季节转换，她静谧地走过冬季，迎来淡雅清丽的春季，步入清凉开阔的夏季，终于沉醉在稳健幽邃的秋季里……她指引这里的每一位珍爱生命的人谱写人生的华章，弹奏心灵的乐曲，涂抹灵魂的色彩，绘就生命的画卷。

或许，一切都因婆娑雅丽的蓝花楹，这里才汇聚成紫蓝色生命的海洋。不论是老人、孕妇、小孩还是青壮年伤残者，他们都是生命海洋的一分子，没有高低之分，没有贵贱之别。老百姓热爱着自己的医院，包容信赖促发展，爱院如爱家；白衣卫士钟爱着自己的行业，技高德馨谋改革，爱岗又敬业。互利双赢，将是医院最诚挚的期待，真正福泽一方人民，唯有老百姓的笑容最真、最美、最甜。

这里的蓝花楹，独有两株，恰似双双庇佑大足人民，她们定会永远播撒清芬，阳光润泽，呵护生命，为每一个生命保驾护航。蓝花楹就是医院所有生命的保护神,年年岁岁,岁岁年年,她们要用感恩的心把这里变得阳光明媚,温暖如春,四季芳菲,笑语纯粹,让生命的四季因岁月的沉淀愈加澄澈静美。

第二辑　梦想

　　村庄不变的是泥土，它经过岁月的沧桑，孕育出了村民淳朴的品质和一年四季生命的恒温。令人欣慰的是离开村庄的人们，近年来因农村政策好，农民工源源不断地回来了，其中有工作退休回乡的，有打工回乡发展的，还有越来越多的大学生村官……他们深深地热爱农村这片热土。一条条乡村公路成了村村通的网络，一户户医疗保险成了农民工回乡发展的保障，一项项政府补贴成了新农民发家致富的钥匙。菜园、花园、果园、林场、池塘、畜牧，成为新农村新时期的最强音……

心中的村庄

心中的村庄伴我成长，仿佛在那里一直飘荡着一首不老的歌谣。

也许从小就在农村长大，尽管已多年不在农村生活，但记忆里仍是农村的老房子、天井和栅栏，还有那山、那水、那林子……像画册一样，定格在脑海里。于是，工作之余，总喜欢回到曾经熟悉和栖息的村庄。似乎村庄没有什么变化，变化的就只是一拨又一拨的物，当然也包括人。

记忆里变化最大的是老房子。整个院子都是木结构的穿斗房，一根根高高的柱子撑起灰瓦屋顶，冬暖夏凉，即使有的墙体倾斜得厉害，村民也住得安然无恙。现在，这样的房子只有在古镇才能看得到了。随着人们生活水平的日渐提高，修房造屋是必不可少的。一个老院子，仿佛瞬间刮过了改革开放的劲风，两三年时间，老房子全部改头换面，变成了清一色的红砖青瓦房。也有的经济条件允许，自然建了当时最抢眼的一楼一底或二楼一底的小洋房。多年过去了，当时的新房子也变成了老房子，村民一天劳作后，带着收获的喜悦回到自己的家，就像回到祖辈为自己营造的温暖港湾，怀揣梦想，希冀一代人比一代人更强。房子不再轻易改造，可房子里外三五年后再包装一下是常有的事，房子里的家用电器随着市场产品的更新而更新，电视、冰箱、空调……直到网络进入家家户户，手提笔记本、台式电脑，一个个看上去沾着泥土气息的农民对它们也不再陌生。

村庄的又一大变化应该是人丁。记忆中的村庄总是很热闹，一个院子上上下下十几个孩子，可以让整个村庄不再寂寞。不论老人、青壮年、妇女儿童，都是村庄的一员，因为种庄稼是一个农民的天职。那时种田就是一门手艺，可以代代相传，土地是村民的命根，农民爱土地就像爱自己的生命一样。也许改革的春风吹醒了沉睡的村庄，也吹醒了人们沉睡的心灵。"外出打工"成为了一个时尚的词，"农民工"也成了农民热衷和喜爱的称谓。青壮年像潮水一样涌进城里，昔日的田园开始荒芜，留在村庄的人丁越来越少，只剩下老人和小孩，村庄变成了一个硕大的空巢。在这个时代，打工的农民变得扬眉吐气，在家种田的农民被人说笑成无能。几乎没有一个农村家长愿意把自己的孩子留在农村继续种田，最差劲也要学一门技术，到城里就业去。心中的村庄啊，多年以后，又是谁来看守这一方宁静的土壤？

村庄不变的是泥土，它经过岁月的沧桑，孕育出了村民淳朴的品质和一年四季生命的恒温。令人欣慰的是离开村庄的人们，近年来因农村政策好，农民工源源不断地回来了，其中有工作退休回乡的，有打工回乡发展的，还有越来越多的大学生村官……他们深深地热爱农村这片热土。一条条乡村公路成了村村通的网络，一户户医疗保险成了农民工回乡发展的保障，一项项政府补贴成了新农民发家致富的钥匙……菜园、花园、果园、林场、池塘、畜牧，成为新农村新时期的最强音。

村庄的老人无疑是守护这方土地的主人。老人的守护，必将唤回更多尽孝的村民如期回到曾经的村庄。回到村庄，或许就是回报守护村庄的老人，老人是村庄的航标，他们劳作一生，耗尽了整个生命的精血，蹒跚地走在田埂上，徘徊在院坝边，悠然地端坐在房子大门口，一边应着晚辈的招呼，一边在想着季节的恩宠和农作物的收成。尽管他们已不再是田地劳作的主角，但他们一辈子都喜欢田地里的庄稼草木。不一样的家业和日新月异的村庄，是村庄里老人们奠基的辉煌。

心中的村庄是一首不老的歌谣，唱着一年四季的农作物，唱着春夏秋冬的苦与乐，日复一日，年复一年。村民就是伟大的设计者，他们是不需化妆的演员，在这个充满魅力的舞台上，一代代的村民创造着村庄的财富，实现着他们最朴素、最踏实的人生之梦。

五月的蛙声

五月的蛙声,犹如一支轻松而欢快的交响曲,婉转和谐,动听入耳。

在五月那个初夏的夜晚,我被一阵"轰隆隆"的雷声惊醒,听到的是从窗外传来的"唰唰唰"的雨声,初夏的雨来得急也去得快。雨后,四周一片寂静,突然熟悉的音乐传入了我的耳膜,那不是《神话》般的流行音乐,也不是《高山流水》般的古典乐曲,是久违了的让人感动和倍感亲切的蛙声。

也许是因为雨后的清凉,或许是因为雨后的静寂,这一片蛙声,似乎把我带回到了儿时,带回到了家乡那醉人的田园乡村中。记忆中的乡村,是和谐静谧的。傍晚,我和几个小伙伴,在田间欢快地捡拾麦穗,直到一颗颗宝石般的星星镶嵌在天幕上,向我们调皮地眨着眼睛。当月光洒满整个原野时,我们才不约而同地向自己的农家小院走去。一路欢快地唱着青蛙儿歌:"小小青蛙呱呱,本领真大呱呱,跳进水里呱呱,游泳冠军呱呱,爬到田里呱呱,捉害虫的专家⋯⋯"这时,池塘和秧田里也传来了阵阵蛙声,应和着我们的童声,仿佛孩子在与青蛙交流和对话,那晚,我们都听懂了青蛙的美妙歌唱。在那有星星有蛙声的夜晚,我们开始对未来充满着遐想,对明天充满着希望。

好多年过去了,我也从乡下走到了城里。没想到,在搬入新家的第一个初夏,最早听到的天籁之音,竟是美妙的蛙声,这位歌手从那晚开始歌唱以来,不论刮风下雨,不论有月无月的夜晚,似乎从没有停止过歌唱。也许开始它还很稚嫩,不够成熟,不够大胆,渐渐地声音嘹亮起来，总是在夜深人静的时候，开始练声，就像我们唱红歌时，常常有一位歌喉优美的演员领唱，起初是独唱，接下来是伴唱，刹那间，便是"听取蛙声一片"的美妙境界。

每晚夜深人静时，我都期待着蛙们的歌唱，我想它们一定也有一个村庄，这个村庄也许在水田一隅，也许在山下的某个角落，而我家门外的这个蛙村，就坐落在河对岸的湿地。白天，打开窗子就可看见，有青青的野草，有新鲜的泥土，那是城里亟待开发的地盘，谁也不知道这是一个蛙村。夜晚，那美妙动听的乐音，绝不是荒草地所承载的噪音，那是一个多么热闹的舞台啊，大大小小的青蛙一定在此开演唱会。那一只领唱的青蛙，声音洪亮、个性、圆润，俨然合唱团的总指挥，我想它一定是大伙羡慕的"青蛙王子"。

多年来，我们没有白听大自然赐予我们的蛙声，我们听出了玄音，听出了呐喊，听出了愤怒，听出了智慧……那一只只罪恶的黑手不再肆意猖狂，那一双双红肿的眼睛不再在深夜泛着绿光，餐桌上的青蛙越来越少，大自然的蛙声越来越多。我们欣喜，我们欣慰，蛙村逐渐恢复了，哪怕在城里一个灰暗的角落，我们来到五月，就来到了蛙村。谁不想惬意地走在乡间小路，呼吸新鲜醉人的空气；谁不想静静地推开卧室的窗户，聆听月下的阵阵蛙鸣，人与自然融为一体，应和着蛙声，或高歌，或诗吟，或畅谈……

我喜欢坐在窗台上静静地听，喜欢伏在书桌上诗意地听，喜欢躺在床上怡然地听，听五月的蛙声从大地的某个角落传来，从河的对岸传来，从我小时候甜美的记忆中传来，带来了农人对丰收的期待，带来了大地对秋的渴望！

这初夏美妙而婉转的蛙声，把因劳动而疲倦的人们早早地送入温馨甜美的梦乡。

喜欢过年

不知不觉中又过年了,我喜欢过年。

小时候我最喜欢过年,过年穿上新衣服在小伙伴面前很有面子;过年走亲戚挣得红包作为自己的私房钱;过年总是闹着让大人们实现自己一年最大的期盼……成年后,我仍喜欢过年,过年可以与亲人相聚,可以走亲访友,可以融洽邻里关系,尽情感受那被年味映得浓浓的亲情、友情、乡情……你看,老家那些大婶大妈心花怒放的,总是日复一日、年复一年地期盼着,准备着,迎来一个又一个崭新的年头。

快过年了,做父母的不停地唠叨自己的孩子:"期末了,就看这次成绩了,考得好,我们就给你买套新衣服过年;考得不好呢,我们就什么也不买!"只见孩子嘟哝着小嘴,满脸的不高兴。其实这是大人们的杀手锏,为了让孩子学习自觉,时不时地给点物质奖励,孩子就会很知足,学习也会很卖力,就像动物园里表演的海狮。其实,真的过年了,哪家的父母不给自己的孩子买好吃的买好用的呢?女儿打扮得花枝招展的,公主一般;儿子则是浑身"铠甲",小勇士一样,家家户户的小孩就在这无忧无虑的日子里成长着。所以,孩子们都喜欢过年,过年成了孩子们朝思暮想的节日,在这盛典里,除了讨红包、走亲戚,最有气氛的就是放鞭炮了。

传说"年"是一个怪物,人们都非常讨厌它,都想把它除掉,可就是没有谁找到有效的方法。人们费尽了九牛二虎之力都赶不走它。后来有位得道的僧人说:"年最怕一种东西,那就是鞭炮,所以捉住年后,在它不知道时燃放鞭炮。"一天,村里的群众在夜里用一张苇席捉住了年,人们在庆贺时,点燃了震耳欲聋的鞭炮,年就这样被制服了,从此村里平安无事。燃放鞭炮则成了过年的习俗,也成了家家户户都喜欢的活动。邻居张婶的儿子在外打工挣了钱,每每回家过年都要在大年三十的晚上从街上挑回一担礼花燃放。这成为了院子里的焦点,大人小孩的欢呼声响成一片,五彩缤纷的礼花锁定远远近近人们的眼球,欢呼声遥相呼应,仿佛这个岁末,大伙一起捉住了许多"年",尽情地狂欢,尽情地释放,挥洒青春与激情,拥抱更加和谐幸福的新年。

然而,不但我喜欢过年,我爸妈似乎更喜欢过年。这些年,年已花甲的爸妈过年喜欢忙一件事——熏腊肉。过去爸妈都是熏烤腊肉卖到城里超市去的能手,因腊肉熏得色香味好而远近闻名,几乎一到腊月爸妈就有计划地为街坊邻舍熏烤腊肉了。腊月的第一个周末,我回到家里,就看见院子里人头攒动,热热闹闹的。还以为是邻居张婶家杀了年猪请客呢,没想到全是大妈大婶来我家为自己的儿子儿媳熏制腊肉的,老爸老妈忙着为他们做上不同的标记,等到取回时就没有一家会弄错了。

以前有好几次,老爸还亲自把人家熏的腊肉送到家里去,没有一点报酬,我很不理解他们这是为了什么。可老爸老妈却很高兴,"这些都是以前支持过我们一家的老朋友。你看,供电所的李书记很客气,去年给他熏了腊肉,今年来熏腊肉时硬要给我们提10斤菜油来。""邮局的杨大妈都快七十了,每年都要为她在美国的儿媳熏烤几块腊肉,感动了好多人哟!""其他几位大婶,儿子儿媳都在广东打工,听说早就闹着要吃腊肉了……"听着爸妈你一言我一语的讲诉,我才真正明白了爸妈喜欢过年的缘由。

我喜欢过年,因为过年,我感受到了街坊乡亲发自内心的快乐与微笑；因为过年，我感受到了人们那善良朴素的情感和胸怀！因为过年，我总会回几趟老家，为父母带去欢乐与祝福，让乡下的老屋充满浓浓的欢庆气氛、溢满飘香的年味……

夏天那个夜晚

在那些有月或无月的夜晚,一直有星星陪伴着倦鸟般归巢的人们,不论是小孩、壮年,还是老人都在寻找着自己的快乐,人们的物质条件虽然匮乏,精神却很富足。

白天大人们都在田里或坡上劳作,院子里除了几个不能下地的老人和小孩,听到的就是几声鸡啼和狗叫,只有晚上,才感受到这是一个多么热闹的院子。男人女人们都回来了,提着行头靶子,有说有笑地在田埂上走着,经过邻居家院坝边习惯性地停下来搭讪几句,便匆匆忙忙回到家里,招呼着家里的老人小孩,看看鸡鸭是否回笼,院坝上的玉米是否需要挑回家里。然后端出中午就做好的凉稀饭,拌点咸菜,一家人围着桌子,热热闹闹地吃起来。

晚饭后,小孩最先从屋里跑出来,三个四个蹦蹦跳跳的,在一起学着大人的模样做饭做菜,"过家家",院子的一角像有一窝鸟儿,时而叽叽喳喳,时而童声大作,"张打铁,李打铁,打把剪刀送客客,客客留我歇,我不歇,回家去割燕麦……""石头剪子布!""让我们荡起双桨,小船儿推开波浪,海面倒映着美丽的白塔……"院子里渐渐有了气氛,老人们也出来了,他们坐在儿子儿媳为他们安放的躺椅上,旁边小板凳上放着一杯老茶,缓缓地品着,舒展着四肢,期待着天上的月亮和星星出来。这时几乎家家户户的女人们都在家里洗澡了,男人们就提着一桶水到自家的竹林里冲凉去。不久院子里的人就多了,屋里是烛光点点,屋外是星光闪烁,人们开始尽情享受这夏夜的惬意了。

起先大家是端着小板凳在自家的门外坐了一圈，小声地交谈着，女人们谈的都是东家长，西家短的，比如哪家的闺女要嫁人啦，哪家媳妇生了个胖小子啦，哪个婆媳关系处得不好啦。一个两个说起来不过瘾，她们就挪动小板凳，好几个坐到院子房屋一边去，直说得眉飞色舞。男人们在院子里坐着品茶，一天劳作后，这会儿自然是最悠闲的时候了，不像女人那样都坐到一起去拉家常，他们说的大多是农事，还有就是传说故事，他们这会儿往往要把自家的小孩叫在身边，开始讲故事了，有蒲松龄《聊斋志异》的鬼故事，有《西游记》唐僧取经的故事，有《封神榜》姜子牙钓鱼的故事……小孩们听得津津有味，院子里的女人们也围拢来了，愿意讲的都可以讲，就看谁讲得最动听，结果隔壁大婶家上初中的小孩讲了一个鲁迅笔下"美女蛇"的故事，把更小的孩子吓得直往父母怀里钻。孩子们也不怕晚上做噩梦又哭又喊了，还嚷着爸爸叔伯们一个一个地讲，只见先前乘凉在自家门前的小圈子不见了，是美妙的故事把大家吸引过来，整个院子就一圈子乘凉的人，气氛随着夜色更浓了，乡村农家院里一直弥漫着幸福欢乐的笑声，直到小孩疲倦了，讲故事的声音渐渐弱下去、弱下去……

　　老人、女人和小孩都进屋睡觉了，男人们还意犹未尽，仿佛整天的疲惫还未完全消尽。他们在院坝地上铺了一层稻草，把自家多余的席子铺在上面，然后再和邻家的汉子在席子上躺着，聊着村里的大事和当年的收成，数着天上的星星，目送月亮西沉，享受着这宁静清幽的月夜星辰，伴着粗犷的鼾声进入梦境。

　　难忘夏天那个夜晚，有月有星星有故事的夜晚，它陪伴我度过了充满幻想的童年时光，它让我的心灵有一股清泉流过，一直到现在，从未枯竭。

初秋

秋躲在夏的背后，竟悄悄出场了。

小河变得越来越消瘦了，土地上的植物强忍着饥渴，果木耷拉着沉重的脑袋，柳叶皱紧了弯弯的眉……原以为一晃而过的炎炎夏日，却久久滞留在城市和乡村，津津有味地炙烤烈日下的万物，自我陶醉而不管不顾大地的感受。

也许秋刚从夏的手中接过奔跑的接力棒，还会因夏的加速度坚持一阵子才能缓缓放慢脚步，以实现季节的自然过渡。其实，时光匆匆的脚步已公然把夏慢慢置之脑后，仿佛人的生老病死，是不以人的意志为转移的。地里成熟的瓜果在默默地等待主人青睐，等待主人带回温馨的家园；树枝在初秋的风里劲舞，努力想展示叶的倔强和坚韧；大地一角的蝉声因秋的到来，喧嚣的舞台开始谢幕。季节的更替是自然规律，季节的变化更多了人为的因素。

今年的初秋和盛夏的气温没有显著的差异。几乎都是火力十足，热浪铺天盖地。初秋的烈日仿佛积聚了整个夏日的热量，要抓紧时间把大地有生命的植物催熟，把没有生命的植物烘干，期待人们热热闹闹的收获。别说秋阳等不及，大地等不及，农人也等不及了。立秋后，村里的农人习惯了一大早就跑到自家稻田的田埂上，欣慰地走来走去，看着渐黄的秋叶下垂着沉甸甸的稻穗，心里像灌了蜜糖般甜蜜。如果是往年，农人看着稻田里的水越来越少，眉头就紧了，因为田里没有水，打谷热气更灼人，秋叶也更刺肌肤。可今年打谷不一样呢，农人需要把稻田里的水放干后，经秋阳烘干，田里至少能立得住人的脚跟。原来农村自从修了村村通公路后，中小型的打谷机能经过乡村公路，直接下到田里作业，打谷也逐渐实现机械化操作了。一辆辆来自外省的打谷机，在乡村公路上排成一列，像迎接大地丰收的迎宾使者。农人可是喜上眉梢，立秋后就天天掰着指头算着打谷的日子，真是"麦熟一夜，禾熟三朝"啊，他们终于等来了打谷忙的日子。

隆隆的打谷机在开阔的稻田里驰骋，远远的田埂上站着一圈子人，大家既是看热闹，也是看收成，同时也在候着自家打谷的轮子。以前要一星期才能打完的谷子，如今五六台机器同时操作，只需大半天时间就收割完了。人们抢在"立秋早秋收"是有道理的。天时地利人和，一鼓作气，把谷打回晒干进仓，实实在在，干净利落。过去人工打谷，天气好时打一天，晒一天，十天半月谷子还进不了仓，要是遇到三五天下雨，谷子在田里就发霉了，那是多么揪心的日子。如今，机械化操作几乎避免了那样的遭遇。尽管打谷花去劳务费三四百元，也是绝对放心和值得的。

收稻成为今年初秋的主旋律。原本艰辛的打谷农事因机械化的操作变得轻松而惬意。一堆堆金黄而饱满的稻谷，仿佛农村家家户户门前筑起的金山银山。在整个活动中，人们一直保持着秋阳般炽热的激情，邻里互帮互助，彼此挑担回家晒谷，甚至打谷机械工用餐都在一户农家敲定。男人们在外协助打谷，女人们在屋里忙生活，打谷机在村里待上几天，工人就在村里吃住几天。农人的淳朴和厚道，使外地机械打谷工跟当地人结下了真挚的情谊，于是约定来年再次与村民携手，完成新一年的秋收任务。

立秋仿佛秋收前的预备铃。进入初秋，整个大地在秋阳的炙烤下，作物加快了成熟的步履，沉甸甸的稻穗，熟透了的瓜果，集结在土壤里的花生，大个的地瓜……在初秋尽情地献艺，把整个秋收装扮得忙碌而有序，热烈而精彩！

年关

转眼又到年关,用老百姓的话说:一年到头就盼年关。一家人不论远近都要回来团圆,热热闹闹过大年。这些年,年味体现得最浓的要数亲情和乡情。

在农村的农家院子里,平时除了几位老人和幼童,已看不到青壮年了,他们早被改革开放带来的城市经济发展所吸引,出去得早的有十年二十年的,出去发展得迟的有两三年的。有的几年回乡一次,有的每年到了年关就往家里赶,毕竟老人还健在,孩子也在老人身边,过年回家是既定的程序。平时不在家,一年到头回来与亲人团圆,与亲朋邻人相聚,觉得分外亲切,年轻小伙子一年一个样,曾经的打工仔、农民工,今日的个体户、小老板,生意经融入亲情和乡情就像一壶壶浓浓淡淡的茶,把闲时冷冷清清的院子一下子变得热闹起来,加上音乐声、儿童欢笑声、锅碗瓢盆叮当声、喝酒猜拳声、麻将声……汇成一片,腊肉飘香,鞭炮鸣响。在乡村过年,那可是一种实实在在的热闹感觉。

今年过年,我们一家三口在腊月二十三就回到了乡下老家。由于细雨绵绵,我感觉这年来得有些早,往年走在大街上要腊月二十五后才拥挤不通,今年在腊月二十前后街上就热闹开了。小镇人口因为春节一天天剧增,外来的车辆塞在公路两侧的也越来越多,各种生意都火爆起来。菜市是人口最集中的地方,如果不错时购物,就很难正常购物。蔬菜、水果、肉类等供不应求,步行街百货商店人头攒动,过街车辆在人群中蜗行，时而传来悦耳的鸣笛，仿佛在提醒络绎不绝的人们："过年啦，欢欢喜喜过大年！"

平时，人们都在田间地头忙碌，到了年关，似乎地里的事情都不用再操心了，人们在等远方的儿子儿媳回家过年，忙碌着杀年猪、熏腊肉、备年货，筹划着一大家子过年的合理安排。在农村，常常是父辈几弟兄一人准备一天，一直吃到腊月三十，一大家子老老少少坐下来就是三四桌，做饭的做饭，上街的上街，玩牌的玩牌，聊天的聊天，唱歌的唱歌。因为事先的筹划，年虽过得早，却也有条不紊，吉祥如意。

我们一大家子的年，决定在我父母老家院子过。妈妈是能干的内当家，全面安排和指挥，首先负责通知来过年的兄弟姊妹、侄儿侄女，他们中有建筑老板，有从西藏当兵回来的，有上大学在家休假的，有广东打工回来的。我的父母是一大家中辈分最高的长辈，吃年饭是一个也不会缺席的。其次父亲上街购物，三兄弟主厨，二兄弟安放桌椅，老大接待隔房长辈和兄长，我带领侄儿侄女上菜、收碗、洗碗等。此外，帮忙协助的还有兄弟媳妇五六人，近五桌人就餐，中午和晚上忙一天，热热闹闹玩一天，留更多的时间各家自由安排。以前每家一天，弄得大家都疲惫不堪，浪费现象也严重，这样集中地在过年时一大家人团聚一次，同样年味十足，让人真实感受乡村大家庭过年时团团圆圆、和和睦睦的氛围。

过年啦，这年，年年过，似乎没什么新意。可就是这年轮般快速旋转的传统佳节，潜移默化地影响着一代一代的人，让更多的人越加看重亲情和乡情，我们的日子才在平凡中拥有闪光，才在平凡中拥有幸福和安康。

如意结

春节是人们心中承前启后的代名词。凡事都可以在春节绾个如意结。

邻居小何十八岁就在外打工，曾当过大小酒店的主厨，打工快20年了，同龄的不是发了大财，就是拥有了自己的企业，回到家乡着实令人羡慕，可小何还停留在打工仔的位置，已感觉自惭形秽。好在前些年在北京打工挣了点钱，提前在镇上买了一个门市和一套住房。门市已出租五年了，今年下了决心收回门市，自己开店。本来在城里一家餐馆上班薪水也不错，小何却在十一月就辞职回家装修门市，在家人的帮助下，不到两个月的时间，一个名叫"丰足中餐"的饭馆就开张了。小何在小镇上有了自己的餐馆，哪怕是一个小小的餐饮企业，能在春节前红红火火地开业，迎接龙年的到来，小何心里感觉很踏实。一家人都因此而来到小镇上为他张罗，小何觉得心中更有底儿，因为自己从事的餐饮事业要兴旺强大起来，哪能离得开家人的支持？在龙年即将到来之时，小何为自己的打工生涯绾了个如意结。

还有许许多多各行各业的人们，他们都在年关为自己的过去或即将过去的一年绾了如意结。满载而归的农民工，他们在火车站排起了长队，包里揣着自己一年劳动的成果，不论车站有多挤，道路有多长，仍喜滋滋地回乡见父母和妻儿，他们的如意结就是开开心心回家过年。我认识一位文字工作者，在单位打工多年，工资很低，靠撰写文章发表赚取微薄的稿费贴补家庭开支，可他没有因为待遇的不济懈怠工作，而是在自己的岗位上任劳任怨，精益求精，终于得到领导的肯定和赞赏。

在龙年到来之际，他如愿以偿地签订了正式职工合同，真是可喜可贺，这个如意结绾得可谓水到渠成，令人欣慰。那些奔忙在回程路上的工薪阶层，在外地发迹的老板商人，离开家乡求职求学的知识分子……哪一个不是揣着自己精心编织的如意结在春节回家见亲人的呢？

春节是一个很有分量的词，春晚是新的一年到来，为旧的一年结束绾的如意结；年终奖金是单位为职工的期待绾的如意结；压岁激励是父母为孩子的成长绾的如意结；回家过年是子女为赡养父母绾的如意结……有了如意结，这年就会过得红红火火、有滋有味。

兔年飞奔而去，龙年腾飞而至。年年佳节年年异，岁岁春节岁岁同。同样的节拍，同样的旋律，奏出的都是合家欢乐、吉祥如意！

老屋李子树

院坝边的李子树开花了，可我的心里却十分忐忑，因为老屋一旦拆迁，不只李子树，还有枇杷、核桃、柚子等果树都将"不复存在"。它们虽不曾经历老屋那样的沧桑，却也陪伴我多年，我十分留恋老屋周围的果树，特别是那一片正当年的李子树。

那时跟着枇杷树、核桃树一起栽种的李子树已有十多年的光景，我目睹它们从大拇指粗细的树苗成长为拳头大的果树，进而长得更加粗壮有型。春天开花的李子树前两年几乎没有什么果实，从第三年开始，渐渐长大的李子树给家人带来了惊喜。每年春天，天气一旦暖和，李子花就竞相开放了，白刷刷的一大片，似乎把整个老屋浓妆淡抹了一番，古旧的老屋映在李子花的世界里，给人鹤发童颜之感。小鸟在竹林枝头"喳喳"地叫着，蜜蜂在花间"嗡嗡"地闹着，院子似乎不只是李子花缤纷绽放，还有梨花、桃花、菜花香。一阵微风吹来，花瓣随风飞舞，淡淡的花香扑面而来，直钻鼻孔，令人心醉。其间枇杷树上的果子挂得稀疏，核桃树生长较慢，柚子就更不用说了，大家都期待李子树的与众不同，它一定会给家人带来收获的喜悦。

可事情远不是我们所想的那样，看着院子里一大片果树快成林了，却不见结果，百思不得其解。原来李子树春来开花，秋却无果；枇杷树冬天开花，繁盛之后到了春天，果子却寥寥无几。一年、两年过去了，"不能让家门前的果树就这样荒废了啊！"一直守着老家的父亲感慨地说。终于打听到有位出色的果农冉师傅，立春后，父亲就把冉师傅请到家里来给院子里的果树把脉。冉师傅果然是内行，一看就明白问题在哪里。第二天冉师傅就把自己果园里的李子树、枇杷树枝条扛了一大捆来，他要为我们院子里的李子树和枇杷树嫁接良种。整整忙碌了两天，被清理了枝条的李子树和枇杷树头上像梳着白色的发髻，穿着也不像先前那样婆娑了，果树下的土壤也被整理过，一棵棵李子树生机勃发，看上去整个李子林像输入了一股无穷的能量。一边的枇杷树也毫不逊色，柚子树也被悄悄地嫁接成良种柚子了。冉师傅说："今年一过，明年开始，你们就有吃不完的水果了！"

从那以后，院子里的李子树的确真实不虚，年年挂果，年年丰收，一直到现在，可谓大饱我的眼福和口福。每到成熟的季节，不只我们一家人摘李子、吃李子，街坊邻居，同事好友，各方亲戚……没有不品尝到我家李子和枇杷的。有人说，这么好的果子，怎么不拿到街上去卖啊，一定会卖个好价钱的。可父亲从来没有卖过，一年到头，果子除了自家吃外，其他的都拿去送人吃了。尤其李子品种多，且味道十分鲜美，前前后后要陪伴我和家人一两个月呢。最早成熟的是脆脆的青果，接着是淡黄色的均匀的甜果，再后还有大大的饱满的紫色李子，一定要待到紫色皮上了一层灰白色的霜，果肉变得软软的了，吃起来才甜润爽口。最后，其他的李子树上的果子所剩无几了，有棵李子树竟结满了密密匝匝的墨李子，虽不中看，可味道却是地道一流的。

我家院前的枇杷树、柚子树、橘子树也不在少数，可我却独喜欢老屋那片风华正茂的李子树。李子树花开了，望着眼前白亮亮的一片李子花，我十分感慨：老屋李子树一定不会随着老屋的消失而消逝，它一定会有一个理想的归宿。

秋天的第一场雨

秋阳已经肆虐好些天了,我在等待秋天的第一场雨。

白天人们像困在笼中的鸟儿,躲在空调屋子里决不轻易外逃。夜晚来了,些许凉风拂来,闷在屋子里的鸟儿悉悉索索出来透气了,小区里、商场中、小河边、山坡上,有了活动的人影,一切便有了鲜活的模样。

我蜗居在家中,每天都有所期待。透过玻璃窗,我在看蓝天的颜色,我在听蝉鸣的声音,我在想太阳的火焰……每年的这个时刻,秋阳都如期而至。它来得那么自信,还那么强势。它似乎是带着嘲笑城里人的口吻来的。还不到午时,街上就只剩下几个摆地摊的了,哪还有人呢?在它眼里,城里人是懦夫,是小资。它明白,真正喜欢它的,爱它的,是田野,是山坡,是广大农民。你看,农民迎着秋阳,在地里如痴如醉地收割,任秋阳把脊背照得油光可鉴,任秋阳把谷堆晒得金黄金黄,一担一担的稻谷被秋阳催促着进了粮仓。每到这个季节,农民一气呵成,把收割的事情干得利利索索,让田野、山坡到处播放着丰收的旋律,这可是收获季节的十全十美了。

然而,丰收就要拉开序幕的时候,我等来了秋天的第一场雨。那天中午,我猛然看到秋阳眨了一下眼睛,我高兴坏了,要是秋阳不经意就睡去了,风和雨不就自由了吗?我们期待多日的凉爽不就来了吗?可只一瞬,秋阳又睁开了喷火的眼,霎时又恢复了精气神,我知道不能对秋阳抱有幻想了。也许秋阳是有意在提醒大地,或告知地里的农民,或压根就想休息休息了,只是碍于面子。风和雨知道秋阳的,当然还有闪电。它们谁先来的呢?是风!这不客气的风,生怕众人不知道似的,性子火急火燎的,傍晚时,掀开了一家茶楼的窗帘,掀翻了一列地摊铺,还折断了几棵树的干……雨终于忍不住了!它一下地就像穿了响底鞋,"嗒嗒,嗒嗒嗒——"节奏越来越快,越来越急,窗玻璃被秋雨撑得"咛嗒咛嗒"响,闪电尾随其后,助威来的,它划过摇曳的树的头顶,把黑漆漆的大地闪了个净白,狠狠地抛下一排炸弹,"轰隆隆"的雷声宣告着:这是一场多么痛快的秋雨啊!

这也是一场及时的秋雨。大地万物都被秋雨淬了一下,仿佛变得更有韧性。刚刚成熟的农作物把头埋得更低了,未成熟的作物也加快了步伐,劳动的人们长长地舒了口气,积蓄更多力量去迎接秋的丰收。城里的人们终于在笼子里关不住了,他们像诗人一样咀嚼着秋天的第一场雨。瞧瞧,那楼上有把头探出窗外做深呼吸的,楼下有大婶大妈在小区一角开心地聊着,还有三三两两的少男少女步履匆匆地涌向大街……

只因秋天的第一场雨给大地带来了久违的清新,给空间带来了通透的凉意,给忙碌的人们带来了闲适和喜悦。

出差

年轻时，喜欢出差，那时精力充沛，学习劲头足，对各种学习和培训乐此不疲，出差既是一种收获，也是一种消遣。

这些年，最喜在家安安心心上课，和孩子们待在一起，感觉才是最自在快乐的事情。说起出差头就疼，一大早就忙碌，在市里开一上午的会，下午就匆匆赶回来，有时还要忙着上晚自习，那个身心疲惫劲啊，简直不堪回首。我慢慢把出差的机会让给我的同事们，他们有的积极，有的直皱眉，就像三岁的小孩，说怕出门、怕迷路，或者就是其他事情去不了，其实这都是借口。在家多好，一则安全，二则轻松，何乐而不为呢？

一个人在单位，哪里少得了出差的事呢？在学校中也是如此。我就职于一所中职学校，自那一颗种子播下去，已经二十年了，虽不是参天大树，也足以得到同行领域树们的尊重。于是有的差事不经意就落到头上，尤其是培训学习、提高进修、活动会务等。这些年一面教书，一面培训学习，开会出差，充实有余，闲暇适度，感觉做一位老师的甜头在于忙，而不在于闲。我这个人最大的缺点是不会拒绝人，很多工作喜欢自己一个人担着，再苦再累一个人扛着。他们认为我能上课，于是就给我把工作安排得满满的，让我带两个升学班，且教跨高中的两个年级的语文课。这样安排工作，在整个学校都是不多见的，这还不算，他们还给我安排了一个普通班的教学，偶尔还代一下其他出差老师的课。他们认为别人不想干的事情，只要找到我就省事省力了。

上课我不怕，再累还撑得住，可他们还想让我当班主任，领导找到我，我没有退缩，只是我这个对工作高矮不大出声的人终于说话了。我说，我得把我的工作汇报一下，一个人的能力和精力有限，希望能得到理解和支持。我负责的语文教研组工作任务繁多，一学期既要协助教导处、教科处做好教学常规和教研工作，又要协助学生处、团委做好学校的读书活动、征文演讲等工作，还有区政协相关工作、区作协相关工作，以及教师提高培训学习、出差会务等。加上周末上学前教育大专班的课，一月一次的学历提高研修学习，我感到自己是一个被工作和学习紧紧包裹的人，简直喘不过气来，但我还得心平气和微笑地面对，心态平和地学习和思考，认真对待在我这个年龄，可能属于我的工作压力和难度。

因此不想出差是有理由的。那天上午，教导处主任找到我，本月27日有个教材培训，分管校长要求教研组长去，自行把课调一下，一天时间，耽搁不大，在重庆科能职业技术学校参会。我说另派一个人去如何？我说明了理由后，教导主任默认了我的要求。于是我迅速找到同事的电话以学校的名义说服她去参加这次培训活动。接下来，正当我沉浸在教学的快乐中时，又一个任务降临了，分管德育的副校长告诉我说："27日去重庆工艺美术学校参加重庆市全国中职'文明风采'征文类指导教师培训。"要求我一定参会，我拿着文件，心里十分纠结，因为医院里，我丈夫已住院好几天了，需要人照顾，这一去得耽搁一天，真的放不下病人啊！我先打通了一位老师的电话，说明了事由，她上午答应了，下午就反悔，说电话坏了，去不了了，人生地不熟，怕找不到地方。我立即到教导处找其他老师的课表，看谁的课少，谁是最适合的人选，可打了几个电话，大家对出差借口多多，不了了之。我手里拿着文件，明天上午八点半报到，九点开会，也就是说，明天早晨六点前就要乘坐直达重庆的车,且还要保证中途不塞车。这样的苦差事,除了我,还有谁能承担呢?我安抚好生病的老公,决定出差。

五点半我就到了车站乘车点,一个女性,单枪匹马一大早出差,也许是习惯了,更主要的是一种责任。五点五十的早车,与曾在我校代课的缝纫老师杨老师同行,我们一直聊天,感觉一点也不孤单。来到会场,才发现不少熟人,骨干班的同学,其他学校的语文教研组长,大家济济一堂,交流学习,一大早的疲倦竟烟消云散了。学习任务完成后,已经12点,简单的工作餐后,大家便各奔东西。我跟着人流走向公交车站,我要去陈家坪长途站,然后乘车回家。"823路公交车到白马凼,离陈家坪不远。"我的一位同学说道,"我走沙坪坝方向,你跟我一起走吧!""好的,谢谢你!"我们在公交站等车,还遇到学习的其他几位同学,也顺便聊了一下各自的工作情况。车来了,我们有几个同学都在此上车,有的去杨家坪,有的去沙坪坝,我呢,白马凼方向。

公交车一站接一站,人上人下,不知更换了多少面孔,杨家坪站后,上来一位漂亮妹妹,就坐在我的前排。我对面站着一位和我年龄相仿的大姐,我开口问道:"大姐,我想去陈家坪长途车站,在哪个站下车更近呢?"大姐想了一下,不太明白,我前面这位漂亮妹妹柔声柔气地说道:"科园四路口。"声音那么轻,那么柔,就像她那飘逸的长发那样柔顺平和,以致我再问了一次,她温和地回答我道:"科园四路口,我也在那儿下,你跟我一路吧!我把你带到那儿。"我脑海里几乎没有掠过一丝怀疑,心里一下子踏实了。我立即告诉我要去沙坪坝的同学,说我不在白马凼下车了,而在科园四路口下车更近。站到了,科园四路口,我和同学告别后先下车,漂亮妹妹随后下车,笑容可掬,皮肤白净,一看就是很有教养的女孩子。要走过公路,我们站在公路边，等来来往往的车辆稀疏后过公路。我们就像老熟人一样亲切地交谈着，她边说还边用手自然地比划着我要去的方向，怎样的正好与她同路。过公路时，她用她那纤细的手握住我的手一起安全走过公路，我感到这是多么精致玲珑的手指啊，匀称而柔软，似雪葱根般，那不是绣花的巧手，也一定是弹奏钢琴的秀手吧！我没有问她是做什么工作的，甚至也没来得及问她姓甚名谁，只知道她就在前面不远处的单位上班，离陈家坪车站很近。每天都要走好几趟，这段路她最熟悉了。我们边走边聊，跟着她大约走了三百米的样子，我转身就看到了那个熟悉的招牌——"陈家坪长途汽车站"，她仍然微笑着很细心地告诉我走过去的近路，我兴奋地和眼前的妹妹道别后，直奔车站而去……

中午两点半的车，回家五点钟光景，可我却不能回家，而是来到区人民医院照顾正在输液的丈夫。见到亲人，出差的疲惫又少了些，一路的奔波劳累就在这一路的经历中慢慢卸下来，直至恢复原貌，留下平和，留下美丽，迎接一个又一个崭新的明天。

实习老师

她的名字叫刘莉莎,是我指导的一名实习老师。

莉莎来自重庆市风光迤逦的卫星湖畔——渝西学院,也就是现在的文理学院老校区。初闻其名,我的脑海里一下子就浮现出了达·芬奇笔下端庄美丽的蒙娜丽莎,那浅浅的微笑,白皙的皮肤和亲切自然的神态在脑海里似乎开始发酵……我对我的实习老师充满了好奇和期待。

我们是在学校会议室见面的,分管领导把她郑重地介绍给我的时候,我们仅仅用眼神打了个招呼。只见她身着红色运动休闲上装,下穿一条泛白的牛仔裤,脚上是一双休闲运动鞋。背上挂着一个令人注目的米黄色背包。齐耳的短发,丰满而白皙的脸上溢满甜甜的微笑。走出会议室,我们都彼此朝对方走去——"唐老师,你好!"一声清脆的声音,透出几分稳重,我热情地回应着。接下来,我带着她在校园里转悠了一圈,俨然一位导游似的向她介绍学校的校园文化,以及学校的现状和未来。彼此熟悉了,我们约定晚上7点办公室见,我要把她介绍给我的孩子们,这也是作为一名实习老师最高兴的事情。

办公室约定见面时,她比我先到,在教室走廊安静地等我到来。我们见面仍旧是微笑着招呼和问候,寒暄了几句后,我把她引进了教室,教室立即响起了雷鸣般的掌声,看来学生们期待已久的实习老师终于到了,才如此兴奋呢,"下面请刘老师给大家讲话,好吗?"我的话音刚落,掌声又响起来了,刘老师开始大大方方地介绍自己,还特意把名字写在黑板上,说道:"同学们,晚上好!我叫刘莉莎,大家都说我名字很美,可人长得很平常,有点名不副实,但我不崇尚名字美,更看重人的心灵美。在实习期间,我会努力做一位名副其实的好老师,更愿意做你们的知心大姐姐……"教室被她这一池水激活了,掌声经久不息,"好的,同学们,我们明天见!"同学们的视线已经锁定了这位新来的实习老师,陡然分别,竟有些不舍。

刘老师听了一周的课,在教室里她坐什么地方,几乎都是孩子们事先为她安排好了的。每到下课,孩子们就把她团团围住,请教她一些问题,并对她的大学生活充满好奇。刘老师总是不厌其烦地回答孩子们的问题,常常鼓励孩子,给孩子表达的勇气,笑声不时从热闹的教室里传到隔壁的办公室里来。同行都被这位实习老师的热情打动了,纷纷要求我把刘老师介绍给他们。我建议要认识刘老师可以,但要答应刘老师来听他们的一节课作为条件,没想到老师们都说:"要得,没问题。"刘老师很快认识了我们办公室的所有老师,并在我的要求下,刘老师不仅仅听我这一位老师的课,还陆续听了其他老师的课,刘老师在得到我指导的同时也得到了其他老师的指导。两周转眼就过去了,第三周刘老师终于可以给孩子们上课了,我给她安排了一篇比较浅显的文章《万紫千红的花》,要求一课时完成授课内容,我为她提供了一些参考资料,让她好好准备课,把自己的才华充分展示给学生们。两小时后,她把一份完整的教案递给了我,我仔细过目后,几乎没有改动只言片语,笑着还给她说:"莉莎,很好的,第一次上课要有信心,大胆地上,只要师生都'动'起来,一定就是一堂好课。"这次听课,我没有叫办公室其他老师,尽量不给她增加心理压力。这课一听下来,我感到有些兴奋,我似乎有一种直觉,刘老师不像是一位实习老师,甚至感觉不像是一位初出茅庐的新手,她才21岁,可她的风格,已具备成熟稳重的气质,这是我带了几次实习老师都未见过的。

第四周很快就来了，当学校决定推出本次到学校实习的老师上汇报课时，我悄悄地给刘老师报了名。她听到这个消息时，有点难为情，甚至推辞，我说："莉莎，我们相处快一个月了，你相信唐老师吗？""当然相信啦！"她的脸上浮出了笑意。我认真地说道："我为你选了一篇很生动的说明文《死海不死》，你能上得好的，要有信心，对自己千万不要轻易说'不'。当初，我实习时，一节课都没有来得及上，也安排上了公开课，反响还不错，现在想来，不就是自信胆大吗？相信今天的你定会比我当年强！"有了自信和勇气，她自然就答应了，我打心眼里为她感到高兴。

刘老师用了一下午的时间写好了教案，给我看时，我皱了皱眉头，告诉她要改好几个地方。首先是课堂导入要改，要采用激情式导入法；其次是教学过程，要充分运用好课文提供的两个传奇故事，由表及里，由浅入深，课堂上体现教学的层次性和逻辑性；最后要讲出说明文的知识美，理趣美，以突出重点，突破难点。怎么办？明天上午第二节课就要上课！现在教案还没有拿出来，我心里不能不为她着急，可表面仍然很平静，我相信实习老师莉莎的悟性。我鼓励她说："你只要稍作修改，思路一形成，很快就会拿出全新的教案来，试试吧！"当天晚上九点钟，莉莎怯生生地敲开了我家的门，我把她迎进来，开口就问："改好了吗？"她有些激动地说道："唐老师，我改好了！"我们像促膝谈心的两姐妹，坐下来对教案作了一番仔细的研讨，我发现思路全对，且很有创意。我十分满意，特别是对莉莎语文方面的灵气和主动好学的态度深感欣慰。

通知贴出去后，学校领导和老师都知道我指导的实习老师刘莉莎要上一堂公开课，听课的老师络绎不绝，校长、副校长、教导主任都来了，教室已坐得水泄不通。我紧挨着一位学生坐下，上课了，我自信地注视着刘老师的一言一行，一举一动。故事导入新颖有趣，实验解说死海浮力直观科学，学生讲故事与老师讲故事相映成趣。重点突出，难点突破有条不紊……本是一堂枯燥的说明文课，被她上得生动活泼，富有情趣。结束后，老师们在心里暗暗叹服，有一种无形的力量似乎征服了在场的每一个人，尤其是来校实习的其他老师。随后，到校实习的老师们纷纷登台献课，一时，学校教学活动精彩纷呈，相互学习之风渐浓。

第四周转瞬即逝，刘老师的实习生活也即将结束。我给刘老师安排了最后一堂课，那是一堂生动而难忘的班会课。我深知，这段时间她已和孩子们建立了深厚的友谊，师生定是依依不舍。为了让刘老师更好地与学生交流，我为刘老师准备了一份礼物，没有介入这堂课。事后得知，所有的学生都同刘老师一起流下了离别的眼泪，放学了，竟然没有一位学生愿意离开教室，教室里变得很静，很静——刘老师终于提议唱一首歌，歌名是《明月几时有》，孩子们从来没有唱得这样认真和动情，歌声在教学楼，在校园久久回荡……

刘老师真正走的时候，孩子们都在教室里安安心心地上课，我没有把这个消息告诉他们，我也不能告诉他们。送别时，我成了特殊的一员，原以为我会很平静地送刘老师作别而去，谁料我亦会洒下春雨般的泪滴，愿它滋润这位大学生纯洁的心灵，在不久的将来滋养出教育的幸福之花。

角色

角色这个词是高频率的。在人生的舞台上,每个人都在不断地扮演角色和更换角色,调整角色和完善角色,自信地谱写人生的进行曲和奏响生命的乐章。

我认识一位诗人,他曾是我的同班同学,也是族里的老辈子,读书时已不记得成绩有多优秀了,只记得一篇写同学打扫清洁的习作,语文老师在班上念读后,响起了热烈的掌声。那一系列动词用得极妙,仿佛一套完整而精彩的散打动作,给人耳目一新之感。我的作文也常常被老师拿来念读,感觉就逊色多了。毕业后,都念高中,不同的是他对写作感兴趣,不仅仅是为了高考。而我呢,总是漫无目地在日记本上写写画画,喜欢描摹自己的青春梦想,喜欢涂抹自己的明暗心事。我终于走进了大学的中文系,继续着自己的青春之梦。他呢,大学选择了数学系就读,写作于他而言,就是形影不离的知己,所幸的是他从来不曾冷落这位红颜知己。直到步入社会,走上工作岗位。我参加工作以后,曾去拜望同学兼老辈子的他,见到我,他喜出望外,急急地从自己简陋的卧室里搬出一个纸箱子来,他告诉我说:"这是我写的诗呢,你学中文的,看写得怎样呢?"我看到一箱子的白纸黑字,就像学生们考试后的试卷,不禁感到很纳闷:一个教数学的,怎么还有心思做这个事情呢?便对他有些不太理解,甚至挑了几页诗也不曾真正品读。

几年后,他教学很棒,校长很器重他,提拔他当了中干,继而又调到了一所离县城更近、条件更好的学校任教。同行和曾经的学友都看重他在教书育人这条路上的发展。可不久就听说他被借到报社当记者去了，不少镇乡的同学都很羡慕，毕竟进城发展了，机会就多了；可仍没多久，我在同镇的街上碰到他，看到他手里拿着一本书，说又回来上课了。我感到他就像一棵行走的树，生命力太强了，究竟哪儿才是他的归宿呢？直到我惊闻他去了北京，在一家知名杂志社当了编辑，暂时成为北漂的一员。有好几次，他都因为曾经的工作关系不得不受到牵连。几经周折，终于携老婆和孩子移居北方，北京像一块磁石一样吸引着他，就是因为他一直都不曾放弃的文学之梦啊！由教师的角色转变为诗人的角色，在别人看来，有些不寻常，可在他看来，这是生命历程的必然走向。角色因梦而改变，梦因角色而完美。

在他不断完善角色的时候，我习惯了在原地踏步，我的角色太固定，梦就显得有些缥缈。我喜欢做好自己固有的分内之事，在乎扮演好一个角色，我想一生做好一件事，成为一个领域的佼佼者，可这已是我的一个遥远的梦想。在他移居北方的时候，我感觉自己就像一只蜗牛，虽然没有在原地纹丝不动，但这动的空间毕竟太有限了，我从一个小镇动到了县城，从初中动到了高中，从义务教育动到了职业教育，我的角色最终定格在了家乡的职业教育。不论是市级骨干、市作协会员、区政协委员、学校教研组长，我都是一名纯粹的教师，这便是我一生执着的角色，我拥有的梦。

我们每个人都承载着丰富的角色，家庭有家庭的角色，工作有工作的角色，社会有社会的角色，每个人都是一个多面手。但无论怎样，我们都要选择好自己生命的主角，并坚持不懈地走下去，不断调整和完善，让生命的乐章时而舒缓，时而激越，伴随我们整个生命历程。

老屋

每年春节回老家过年,老老少少一大家子自然是在农村的老屋团聚。

在小城里居住惯了的我们,对老屋的情愫日增,可在老屋住久了的父母和兄弟,逐渐恋上了街上的热闹生活。整整一年来,三弟一直在街上的门市忙他的饮食铺子,爸妈也放下了手里不少活,自觉地到街上三弟的铺子忙起来,慢慢地一日三餐也在街上,而不是农村的老屋了。农村老屋还有一群鸡鸭,两头猪,一只小狗。白天是它们看守着院子,晚上忙了一整天的父母仍回到老屋留守。老屋是祖辈留下的,是通过爸妈的努力,在20年前扩建至现在模样的。老屋虽老虽旧,毕竟是爸妈的根。

我成为老屋的一员是在18年前,那时老屋还很年轻,门前的一片竹林和屋后的一片菜园很吸引我,空气清新,鸟语花香,夏天可算得避暑的胜地。每到寒暑假离开学生,我就和老公回到老家度假,一直要待到新学期开学。1996年冬天,小家伙呱呱坠地后,在城里的小家仅仅待了40天,我就随孩子的婆婆回到了老家,直到小家伙半岁后上班,才离开老家的老屋,可在周末我们仍然要带着孩子回到老家小住。在老屋,我们带着孩子跟爸妈一起不知度过了多少个凉爽的夏夜和温暖的冬日。那张老床是祖奶奶留下的,爸妈住了几十年,我们回家也住了十几年了,从没感觉床在变老变旧,都一样的温暖如春;老屋房顶的瓦一直都是青灰色,没有因刮风下雨而褪色,总给人亲近质朴之感。令人欣喜的是老房子会因一年一度的春节变得浓重而喜庆,对联和红灯笼似乎让老屋变得鹤发童颜了。

几年前就有消息说家里老屋这片地在规划范围了，可迟迟没有纳入计划中。这也许就是所谓城里的贫民窟、黄金地吧，其实爸妈的要求不高，他们住了一辈子的老屋，经常接受外面世界的熏陶，现在唯一的想法是过过城里人的生活，有套房子有个门市就足矣。可有的农家口气很大，要政府补贴换房两套、门市两间。开发商把邻近的地盘都开发得差不多了，还留着老家周围这片地，为了不吃亏，开发商决定走一步，再走一步。国家出台了新的补助政策，将按照村民实有住房占地补贴换房，还有一系列优惠政策。爸妈和村民都很期待心中的新房子，可我们每次从城里回来都惦记着老家的老屋。这些年，妈妈跟着我们住，转眼，孩子上高中了，我们因工作忙，回老家的时间似乎越来越稀疏了，老屋会不会在时间的年轮里像人一样变得愈加苍老？

当新的年头即将到来的时候，老公提前打电话给妈妈说："农历二十八我们回家过年，就在老家的老房子。"妈妈一听，起初还有点难为情，因为一年了，她已习惯了在三弟的餐馆忙碌和就餐，想到老房子灰扑扑的、冷清清的，不禁皱起眉来。一年来除了每天烧烧水，为猪儿弄弄吃的，几乎没有煮一顿像样的饭菜来自个儿吃。她自言自语道："这孩子，就喜欢老家，我看再过两年，老房子拆了，想回老屋都不可能了。这老屋说没就没有了呢！去吧，就去老家煮年饭吧，让仙逝的老祖宗们也容易找到熟悉的地方过年啊！"妈妈把这事记在心里，有空就回老家收拾收拾东西，把每间老屋的灰尘扫净了，把废弃的东西扔出去了，把床上的被单和棉被也晒得舒润舒润的了。原先灰尘蒙面的老屋竟变得亮堂起来，熏好的腊肉挂上了架，红彤彤的年货背回了屋，苹果、橘子、糖果、鞭炮……还有自家特产的鸡鸭、腊肉、米酒，过年这天，一道道美味的菜肴端上了久违的大圆桌，烧香祭祖，放鞭炮，老屋洋溢着持久的欢声笑语，包裹在热闹和吉祥里。煮年饭自然是灶屋的柴锅、炉灶、电饭煲三管齐下，久久地煲着年味的浓香。当丰盛的菜肴再次端上大圆桌时，一家人济济一堂，终于拉开了一年一度家人大团聚的序幕，团圆饭吃得不嫌久，大人们一边喝酒一边聊着天，小孩子一边吃饭一边看着电视。每年春节共同的主题都会因为父母健在，老屋依旧，聚会变得格外舒心而快意，浓情而蜜甜。

年饭后，大人们围着火炉继续天南海北，孩子们则在院子里尽情地放鞭炮、捉迷藏。大人说一声上街，孩子们便跟在后面，一边逛街，一边购物，少不了春联和烟花，还有各种好吃的糕点。回家一定要赶在晚饭前贴好春联，点亮高高挂在屋檐下的灯笼。年就像一位化妆师，装扮着老屋，装扮着平凡人的心灵世界。再忙的人在过年时都可以闲下来，再急躁的人也会因年味平和下去，用真心和爱与亲人交流，用虔诚和祝福与来年对话。

老屋就是这样一年一年积淀和储藏着年味，见证着人间的沧桑和弥新，尽管它在岁月的长河中不以自己的意志挣扎着，前进着，微笑着，但它留给我们的永远是温暖和幸福。

神秘巩乃斯

早已从新疆回归故里，可我的思绪仍久久滞留在神秘的巩乃斯，我深深地被她的独特气息吸引，为她的沉默和多姿陶醉……

在去巩乃斯的路上，时而阳光明媚，时而乌云滚滚，车里一直保持着恒温，我不相信大热天的，巩乃斯的温度会低得让人直打哆嗦，准备了厚衣服，也不打算用的。当看到山上竟有奇石嶙峋，便忍不住下车留影，柔和的阳光下，竟刮来透骨凉的风，还好，能坚持住，匆匆地拍了照，就蜷缩到车上去了。一路过来，山上的奇石像一座座怪异的棺材。据当地人说，这石头啊，是有生命的，它会生长呢。只见有的石头聚集在一起，层层叠叠，仿佛人工有意堆砌的；有的石头毫无顾忌地挤压着，像是刚刚冲破山的肌肤，故意把筋肉裸露惹人眼帘；有的石头旁边散落一两块，然后便是整齐地问天，有直入云霄之势……这些不规则的石头啊，在戈壁的衬托下，在稀稀疏疏浅草的点缀下，在夏日朗朗的映照下，泛着刺眼的微红色的光，仿佛教堂顶上神秘的光轴，备感天地之神圣。我感到这一座座形似棺材的石山，犹如家乡众多佛的化身，它们是不是也曾有过美妙的冠名呢？早已经不住石头的诱惑，已记不清下车多少次，宁愿站在猎猎的风里，瑟缩着身子，沐着夏日乏力的阳光，记不得有多冷了，只记得与石山亲近，那是一种多么童稚、多么惬意的情愫。

不知不觉车就把我们带到了山顶，温度的极速下降，可想而知。据说这里可以俯瞰巩乃斯全景，我迫不及待要拍下这里的景致。车停靠好了，我不得不向这里的温度投降，披了一件厚厚的衣服就去抢镜头了。站在高高的顶上，往上看，一侧还有飞泻的高山雪水，好险，蓝蓝的天空中雄鹰在跟随气流上下翻飞；往下看，好绿，好深，好远，极目处全是连绵起伏的绿色山体，有一种直抵心窝的绿。盘山公路像一条随手甩动的银白色丝带，左缠右绕，自如地飘忽在山腰间，一群群牛羊闲适地散在草间，远看如草甸上开出的白的、黄的花朵，是那么宁静悠远。在逆光中大片的松杉林呈黛黑色斑驳分布，山坳里一片红砖绿瓦，真乃"天地有大美而不言"，料想，整个山窝一定静如佛教的禅院。原来这就是著名的巩乃斯，她深藏在那遥远的山底，人称巩乃斯沟，她静静地卧在那迷蒙的深处，正像一位"犹抱琵琶半遮面"的小家碧玉，直把我的魂勾了去……我忘记了自己是怎样再次上车前行的，只觉在"之"字拐的路上，恰是"九曲十八弯"，弯弯刺激，弯弯风景独好。

下到沟底，发现刚才飞泻的水流早已汇聚成一条清澈的小河，直奔前方而去。原来禅院般的小镇并不是想象中的宁静，招揽顾客的店铺林立，小车摆满街道两侧，一拨又一拨的人在并不宽敞的街道走着，显然是远道而来的游客。已是中午时分，不时从店里传来老板招呼客人的声音，我们一行人步入了一家川菜馆，点的菜很丰富，有红烧鸡、魔芋鸭、回锅肉等家常荤菜。其实我最感兴趣的是这里的野蘑菇、野豌豆苗、野甜菜、野蒜苗，还有好多带"野"字的菜肴，这绿色的、天然的、原生态的菜肴，伴着醇浓的"野味"，仿佛身处异地也找到了家乡农家的味道，着实让人吃着舒心、踏实。

吃饱喝足后，我们要去朋友熟悉的一处温泉泡澡。在巩乃斯，最著名的是阿热先温泉了，在阿热先沟里，已开发了12处温泉，我们前往的是去年才新开发的一处泉眼，道路崎岖不平，风光依然独好。与先前所见景不同的是，近距离接触草山草坡，草格外深，树分外绿，野花遍地是，无拘无束地点缀在草间，有的花探出高高的头，像在努力扮靓自己，让来这里的人们一睹为快。最惹眼的是一条翻滚着白浪的小河，从山沟往前看去，像一条长长的白色的哈达铺在青山翠屏间。我们逆着小河前行，山是静默的，树是沉思的，唯有草是耀眼的。耳畔除了车轮轧着路石"喳喳"的声响，剩下的全是小河的流水声，有时伴着泉水的叮咚声，有时传来流水撞击乱石的激流声，有时又是一曲舒缓的小夜曲，仿佛瞬间经历着一天的清晨、正午和夜晚。我感慨于溪流的自由，洒脱，激情，无畏，年复一年，季复一季，这一定是它在夏天惯有的身手和速度，节奏，音韵，色彩，与自然调和得恰到好处，真是无以言说的美！我知道这是从阿热先沟的深山里流出的积雪水，它的身板正像一位八九点钟的少年，我想起来了，它这样急急地，马不停蹄地，昼夜不止，一定是去寻它的母亲巩乃斯河了，我不禁哼唱起《巩乃斯河》这首歌："……巩乃斯河故乡的河，为你自豪为你放歌。巩乃斯河母亲的河，你用乳汁养育了我。神奇的传说淳朴的生活，永留在我心窝……"不远处牧人牵着马，马背上驮着东西，正悠闲地走在崎岖不平的山路上。窄窄的公路不容许我们飙车，只好减缓车速，找个比较宽敞的地方停车，让马儿先过，我们趁机下来亲近水草，呼吸来自天然氧吧的新鲜空气。

越往里走，空气越潮湿，天空也变得灰暗起来，前方乌云像一张网似的罩住了刚才还清晰的雪山山尖，一会儿又被什么神力掀开，露出白亮的云彩来。只见我们乘坐的保时捷越野车陡地穿行在雨帘中，雨点砸得窗玻璃"哒哒"直响，简直就是一场暴雨，几分钟便无影无踪了。来到温泉大门口，午后的阳光温润地沐泽大地，简直让人感觉不到可怕的强烈的紫外线对皮肤的"袭击"。气温还不到20摄氏度，可池子里的水温却在40摄氏度以上。已是下午，池子里的人还不是很多，笑声、欢呼声早已荡漾开来，看来是不能因为空气冷就错过了下水的机会。我们迅速换好衣服，在同伴的帮助下，纷纷下水，瞬间不太大的池子里各类声音分贝大增。我忽然发现这个池子绝不是我想象的规则的池子，一会儿低洼，一会儿凹凸，时而因池底青苔滑入低处溺水，时而站在池底石山上稳稳地眺望。最刺激的是站立在最深处时，泉水刚好浸在下巴，有时脚尖还要踮着，才不至于水溢到嘴里去。没想到，在大伙的帮助下，在这窄窄的深水区，我竟然学会了蛙泳。当欢声笑语像鼓点在山窝里响起时，竟然迎来了一场雨，雨点稀疏有致，太阳也并没有躲进云里去，仿佛被这里的热闹吸引了去，不舍得隐到云里去。好一场太阳雨啊，竟然没有把我们吓回岸上去，大伙在水里又嬉戏了好一阵，还去体验了附近的两个小水池，才心满意足地上岸去。这时的阳光分外刺眼，才感觉到紫外线的威力来，大伙围在一起，竟啃了两个大西瓜。作别阿热先沟，一直伴随我们的仍是那条自始至终翻着白浪的小河，还有那静默的松杉林，湿润的草山，芬芳的野花，偶尔还有一群在草间漫不经心的牛羊……

这就是巩乃斯，就像一幅色彩斑斓的画，层层叠叠，神秘莫测，没有一丝令人感觉单调的色彩，没有半点让人倦怠的风景。它在我心中，自然天成，恰到好处妙处。虽然我没亲见散文家周涛笔下那在雨中奔腾的巩乃斯马的壮阔场面，可我却独享了巩乃斯在夕阳下如修女般的静穆和唯美，它将深深印在我的脑海深处，正像一个巨大的天然吸尘器，不停地默默为我拂去身心的疲惫和外界的尘埃。

缘于湖

也许生来不具备水淋淋的天性,我对水算不得钟情。出门旅行,凡有山有水的地方,山总是幸运地作为我首选游览的去处,其次才考虑水上游览。可是,每次打动我的似乎都是各个地方的水。

西湖的水,我确信在晨辉和夕照下,特别养眼。浅浅的微波由近及远缓缓漫开,漫开……就像一位成熟的女性脸上定格的亲和的笑意,轻轻地抚慰着过客疲惫的身心,我不经意就走进了西湖的心灵世界,沉醉在湖文化远远近近的经典故事和人物幻象里。一湖水已不仅仅是一湖水,文化让湖水有了生命,有了灵魂。我仿佛看到西湖边上延绵的亭台楼阁,并非游客的栖息地,而是饱经风霜的文化长廊,年复一年,默默地捍卫着西湖的水和草。长桥、断桥、白沙堤、雷峰塔,不知影响了多少代人的见解和思想。一直以来,西湖人用西湖的情执着地打造着自己独有的文化,展现给世人的永远是历久弥新的精神佳酿。

太湖看上去像一位儒雅的男子。湖面广大包容,似乎与天边相接。湖面的浪把湖水推搡得浩浩荡荡的,其实浪并不大,湖水却显得很饱和,有风的时候,感觉船只未行已在湖水里荡起来。很小的船只是不配在太湖里滑行的,太快的船只也不大与太湖的品性相吻合。倒是古代的战船为太湖渲染了一种神秘传奇的色彩。我乘坐的是二楼一底的"周瑜号",该船仿造的自然是古代战船,全木质结构,处处都体现着原始的风貌,直把人带到遥远的三国时代。船行驶起来就像一幢别墅在水上慢慢漂移,特别适合观景、养心。太湖这位儒雅的男子,骨子里不乏女性的柔韧，总是不温不火、游刃有余地，以一种开放的情怀，让人们了解他的性格，熟知他的内涵，感悟他的文化底蕴。

千岛湖因岛屿千姿百态，给我的感受是风姿绰约，妖媚迷人。这是在黄山光明顶眺望迷蒙中的千岛湖给我的印象。去千岛湖玩，不只享受水的美意，还能体验登山的乐趣，真正能完美地感受跋山涉水之趣了。猴山、蛇山、商店、寺庙、宾馆等均在不同的岛屿上呈现，整个湖就是一个完整的世界。如果把湖比喻成一位伟大的母亲，那么在母亲的怀里，一个个岛屿就是湖的儿女，他们在母亲的滋养下，出脱得亭亭玉立、千娇百媚。千岛湖正在孕育和发掘中华湖文化的人文内涵，必将吸引越来越多的人们去关注和体验。

湖就像人一样，有性格，也有品味。就像南方和北方的气候，一年四季，差别可大了，人的性格也因此不大一样，有共性，也有个性，世间万物何尝不是呢？如果说东部的湖很美很靓很灵气，那么西部的湖呢？那大西北的湖呢？也许湖天生就是女性使然，不论它有多豪放多气派，骨子里都是有女性情怀的。新疆的博斯腾湖给我便是这样的印象。我们来到博斯腾湖的那片水域没有船只，只有一片金沙和在湖里戏水的人。因为是浅水区，又因为是夏天，是难得的游泳良机。我原本怕水的，也因湖之美乐意去体验博斯腾湖的美妙了。湖水浅的地方打湿脚背，深的地方远远超过几米深。由于湖上有湍急的浪，为了安全起见，我找了个游泳圈陪伴我。水温在20来度，不下水时还有点凉意，下水适应后觉得温度刚刚好。这湖水质特别好，视线很开阔，一眼望去眼里满是浩浩的水域，在水上漂着的都是游泳的好手或喜欢游泳的人。我二者都不是，我对湖水充满了好奇，尤其是这西部的湖水。它一定更原汁原味些，也一定对亲近它的人更健康有利。

博斯腾湖在我心中被誉为女子似乎柔弱了些，不如把它誉为一位活力无比的美男子。它释放的活力几乎能让每个游泳的人变得坚强而可爱。博斯腾湖的浪让湖水极具个性，就像一匹脱缰的马，随时准备着驯服和驾驭。如果没有浪，那将是多么死寂的一滩水啊，博斯腾湖的活力来自于它源源不断的浪，它有时显得很急，有时又很平和，在不经意时给人一惊一乍之感，很刺激，很过瘾。人在浪中游，享受的是天然的冲浪待遇。胆小的人早就被吓退到岸边，勇敢的人迎着浪涛，美滋滋地享受湖水的恩赐。其实，在这里，胆子会由小变大，直至无所畏惧，在博斯腾湖游泳我竟成了勇敢的一员。那一次，我既尝试了深水区的湖水温度，又经历了稍浅水区的冲浪磨炼，与湖水缠绵近2小时，享受了天然矿物质水对人体的保健。

塔里木湖太旷远了，在高速路、国道边，因湖的魅力，连高速公路都允许车辆停留观湖，甚至下道游玩。湖就像一幅蓄满诗情的画，又像一位性格内向的古典美女，她的长裙顺着高速公路绵延几十公里，静如处子，庄重神秘。在阳光下，湖水格外清，格外蓝，远远望去湖水比地平线还高，还长，感觉是湖底把水高高托起，直到与天相接。天上的彩霞映现在湖水里，水光潋滟，仿佛水里有个奇异的世界直抵人的心灵深处。

在大西北，尽管那是一个缺水的地方，但绝不缺少湖，尤其是美到极致的湖。喀纳斯湖便是这样的湖，原生态地貌伴着仙山仙水，恰似人间仙境。宁夏的沙湖，青海的月亮湖都是沙漠的传奇。湖在沙中，沙中有湖，流沙与湖水相得益彰，成为西北独有的奇观，吸引着中外来客流连忘返。芦苇荡、野生鱼类、水上娱乐等更显沙湖的生机和生命力。一片美丽的湖从沙漠里诞生，从此生生不息，谱写着沙漠的诗篇，她以无比甘甜的乳汁哺育着一代代优秀的西北儿女。

我不禁突发奇想：大江大河伴着湖，大地才如此滋润富庶。如果江河是一棵树的干，那么湖就是这棵树干上的叶，海就是江河湖这棵大树的根。一棵大树要根深叶茂干壮，唯有爱护好大地的水，呵护好这如绿叶般的湖。

缘于湖，或许在以后的旅途行走中，我将会改变最初的选择，亲近水，让干渴的心灵及时沾沾自然的灵气，再带着更多的智慧去攀登高峰，定会神清气爽、天高地远。

长大后我就成了你

"小时候我以为你很神气,说上一句话也惊天动地。长大后我就成了你,才知道那间教室,放飞的是希望……"每当我听到宋祖英唱的这首动听而优美的歌,就会想起我上初中时的王老师,因为现在我也变成了一名教师。

提起王老师,印象最深是他给我们上语文课,在一个很偏僻的乡镇初中上课,王老师竟然用的是普通话教学。他给我们上语文课和课外活动,大胆抛开教材,一本小说他可以用普通话为我们朗读一节课、两节课、三节课……让大家听得如痴如醉,甚至泪如雨下。名著《高山下的花环》《青春之歌》《家》等,记忆里都是王老师的朗读版本。他给我们上鲁迅先生的《从百草园到三味书屋》,能把文中老先生的形象模仿得惟妙惟肖,只听一块铁戒尺"哐当"一声敲在讲台上,也不用招呼闹闹嚷嚷的学生,就开始用变了调的普通话朗诵道:"铁如意,指挥倜傥,一座皆惊呢;金叵罗,颠倒淋漓噫,千杯未醉嗬……"同学们看到老师摇头晃脑,很沉醉的模样,在一阵笑声后,教室一下子安静了。只见王老师手一挥,同学们也跟着老师摇头晃脑,嘴里拿捏着老师的腔调大声读起来。几乎人人都会记住这两句来,王老师才继续他的课文分析,这篇文章王老师足足上了五节课,我感觉这篇课文总是没有听够。

尽管他的普通话不是最好的,他的教学艺术也不是最高的,但对我的教育却是与众不同的。在他的寝室外面有个院子,院子里有个园子,种着蔬菜,外有栅栏围着,在边上是一堵围墙,侧面有三棵成林的大树,院子在夏季变得很阴凉。放学后,王老师去篮球场打篮球了,我们就趁王老师不在时偷偷地跑到园子里观察蔬菜的生长和捉毛毛虫,树上的知了叫得很动听,孩子们也学知了鸣叫,淘气的男孩子还把知了从树上捉拿下来,吓唬女孩子。于是院子里多了孩子们的嬉闹声,往往天黑时才渐渐静下来。

记得上初二时,植树节那天,王老师不知从哪儿带了十棵梧桐树回来,在班上挑了表现好的十名学生栽树,我也被选中了。由于我个头娇小,大家都把最小的那棵树让给我栽,而且这棵树的干还有些虬枝,形态不佳。我心里很委屈,担心自己栽的树不能成活,更担心这棵树能长成参天大树吗?王老师看出了我的心思,便以我这棵树为例鼓励大家道:"今天我们同时栽了十棵树,你们一定要把树栽活!到时你们毕业后回到母校不只看望王老师,还有你们亲手栽下的梧桐树。"我觉得栽树真有意义,是这棵树让我懂得成长需要关爱和呵护。在校学习期间,我几乎每天都要去看看我亲自栽种的梧桐树,什么时候树枝发芽了,什么时候该落叶了,缺水的时候我不会只浇我这一株树,对我们同时栽下的梧桐树一视同仁。毕业时,我欣喜地看到自己栽的梧桐树没有落后,跟其他伙伴一道成长,已经超过了高高的围墙,也因为我那棵树有几根虬枝而显得格外独特。

毕业那学期,王老师四十岁生日,尽管他没有通知我们任何一个人,但我们全班一个人都没有少,为老师祝生。我们把教室布置得很温馨,蜡烛、糕点和水果,有点像烛光晚会。我们唱的是改编的歌曲《今天是你的生日,我的老师》,王老师给大家做了演讲,鼓励大家考上高一级学校就是对他的回报,然后给大家唱了一段很带劲的戏曲《沙家浜》,迎来同学们持久的掌声。后来我上了高中,考上了大学,最初受王老师的影响,选择了中文系。我参加工作十来年了,几乎没有王老师的联系方式,忽然接到王老师到来的口信,说什么时候什么地点,王老师六十岁生日,特请参加。我很惊喜,思忖着曾经的同学都去了哪里,是不是都到了呢?原来生日宴席几十桌,班上的同学并不多,女生就只有我一个!我们都是曾栽下梧桐树的学生,王老师,您还记得吗?我们的梧桐树都长成参天大树了吗?这么多年来,我一想起初中时的母校,就会想起王老师,想起梧桐树,想起你那抑扬顿挫的普通话……

光阴荏苒,岁月匆匆。如今王老师退休了,我早已默默地成为了他的接班人,我带着文学的梦走进了语文教育的殿堂,从一个稚嫩的大学生到今天成熟的语文教师,是因为我坚持操一口更加流利的普通话,继续给我的孩子们讲王老师曾经朗读过的课文和那些经久不衰的名著。正如那首歌唱道:"长大后我就成了你,才知道那块黑板,写下的是真理,擦去的是功利。长大后我就成了你,才知道那个讲台,举起的是别人,奉献的是自己。"

老人的幸福

这个熟悉的身影,勤劳而典型的农民,竟是我的邻居、远亲、老熟人。当我步入他的 80 岁寿宴现场,不禁悄悄地向妈妈打听,我们怎样称呼这位白发老人呢?妈妈说,你们应该叫他舅舅。

他的名字叫张根发,每每回到万古老家,都要从他家门前过,我总能看到他房前屋后劳作的身影,有时在屋后的菜土里拧着锄头松土,有时在门前院里抄起猪草刀"砰砰"地扎草,有时背着背篼在路边自家的菜地用镰刀割草,有时挑着粪水从房后出来直往菜地走……20 年了,我也记不清逢年过节回过多少次老家,可我几乎每次都能见到他,不管他有多忙,只要先见到我们,都要跟我和老公打个招呼,然后再继续忙他手头的事。我习惯了他打招呼的声音,熟悉了他总是扛着锄头出门或回家的身影。他是如此热爱劳动的一个人,一辈子都会爱着自己的土地和家园,不论贫穷还是富有,他都乐意守着他的家和亲人,我想,绝不止 20 年,40 年,应该有 60 年,或者更久了吧?

一位老人,历经 80 年的沧桑岁月,人生大树上的枝叶难免有被严酷的霜打蔫了的痕迹。据说他 6 岁时,家里就给他找了童养媳,一点不懂事的他竟懵懵懂懂地跟着童养媳生活了十来年,也没有一个儿女。等到他懂事的时候,也是童养媳离开他家门的时候。后来另外迎娶了一门亲,新来的妻子竟带着两个孩子来到他家,他不但耐心地带孩子,还细心地呵护妻子。由于家底还不错,生活还算过得去,妻子为他先后生了一儿一女。带孩子那些年,夫妻都很辛苦,为了生计,不止一次租用熟人的土地种植农作物，仅少量的自己食用，更多的是出售到集市，换取铜板和自己没有的物品。四个孩子要吃穿，加上上有老，生活的拮据程度可想而知，作为一个地道的农民，除了依靠土地改变眼下的生活，还有什么更好的办法呢？没有。他们找到了种植蔬菜的一些门路，根据四季变化，掌握百姓的生活需求，一年年，一季季，先吃亏后盈利再改进，逐渐摸索出种蔬菜的规律。把孩子慢慢拉扯大，读书，娶媳，直至抱孙子，似乎没过几年就走过来了。由于家里人丁不断地增加，仅仅靠种点菜已经不够家庭开支，大儿子想到了当时做土火炮很吃香，可以赚钱，于是到村里一家熟手那里学来了技术。一到春节、清明节，外加周围的红白喜事都需要鞭炮，慢慢地，火炮生意兴旺起来。可有一次，由于往冰箱里存放炸药的时间过长，导致了爆炸事故，几斤重的火药突然爆炸，家里的砖房子也被猛烈的火药震垮了。幸好家人都去赶集了，没有人员伤亡，为此事还遭政府罚款好几千元。这可急坏了夫妻俩，他们急得到处借钱，把老底子都拿出来交了罚款，又跟大儿大儿媳一道把炸毁的砖房子重新建了起来。从此，大儿子与火炮生意便水火不相容了。

　　大儿子带着媳妇去街边租用了一个门市，卖百货，终于安全平静了，可家里却落下了一笔债。大儿子拼命地挣钱还账，而女儿也去外地打工挣钱还账，三女、幺儿还未成年，夫妻俩就靠土地的种植扶持家庭经济。他起早摸黑地在土地里劳作，既种蔬菜又种粮食，人吃的，畜生吃的都不能少；妻子在家既带孩子，又养几头猪。上万元的账在当时的农村已是一个不小的数字，就这样一点点地积攒还债，妻子因此累病倒了，成了常年的药罐子。九十年代末，最小的儿子、女儿都已长大成人，眼看着家庭的负担就要轻松了，可久病的妻子却作别而去了，留下他继续守着这个家和这片熟悉的土地。他并没有被生活的压力打倒，仿佛是土地上的一个斗士，越战越勇，他握着拳头，向关心他的人点头示意，相信再坚持几年，一切都会好起来的。

不到两年时间，为修房借的账还清了，大儿大儿媳的生意也做顺了，竟悄悄地买了一个自己的门市，作为老人的他，心里不知有多安慰。看着大孙上小学了，二孙也学前班了，一男一女，在农村，哪怕是计划生育政策限制，也是最好的家庭搭配呢。他的两个女儿打工一点不费力，成家立业也不用他操心；幺儿年轻时稍微有点费心，后来走上正道比家里哪个都强，在重庆城里自己当老板，开了一个大超市，生意搞得红红火火，不愁媳妇不上门，事业和家庭都不用他操心了。不论是大儿，还是幺儿，都劝古稀之年的父亲不要再做农活了，要么去街上守门市，要么去超市守仓库。可老人家习惯了这离街头很近的乡院子，深深地恋着陪他到老的这一片片田和土。

近十年，平时几乎都是他一个人守着一个院子，只有春节和节假日，儿女才回来团聚，开了年，一个个又像鸟儿似的飞了出去。他们回来是赡养老人的，也是回来"索取"老人的，同时还是回来沾沾泥土气息的。老人家下半年喂养的肥猪从没有少于四只，两只送到集市卖，两只为儿子女儿准备，自己留用的却只在少数。老人知道儿女其他东西不缺，缺的就是他亲自喂养的土猪肉和其他土产品。他对儿女的"索取"心甘情愿，他也知道这是有回报的，自个儿乐着呢。哪怕一个人在自己的院子里一整天一整天地忙碌，一个人在自己的院子里常常忙得热火朝天，也全忘了那是一种辛苦。除了养猪、养鸡还养鸭，印象最深的是养了一条从不咬人的狗。

每天陪伴他的都是锄头、背篼、粪桶和镰刀，什么季节种什么菜蔬，什么时候该施肥，什么时候要除草，没有谁比他记得更清楚，也没有谁比他心头更明白。他似乎是个不倒翁，一年四季，天晴落雨，只要上街,经过他的院子,一定能看到他忙碌劳作的身影。多年来,他对自己经营的土地乐此不疲,一分耕耘一分收获,快乐有加,幸福自知。他似乎忘记了自己的年纪,也让别人忘记了他的年纪。直到他家的儿子认真地向邻家发出了生日邀请,大家才突然发觉。

他的声音很特别,像童声,似女声,几乎没有人能和他雷同。他打招呼时不变的语气语调总是萦绕在我耳边:好久回来的?难得回来,多耍几天嘛!这样的问候,我们常常开心地应和着,面对这样一位老者,我似乎从来没有礼貌地称呼他一声,但我能真正感受到他的幸福。

第三辑　情怀

　　刚送走如火的夏天，秋天就悄悄地来了。在这成熟而温情的秋天里，我一直在收获的梦想里美美地生活着、忙碌着、期待着……不经意间，就发现秋天那张灿烂的笑脸竟逐渐地收敛了，似乎变得平和淡泊而悠闲安静。仔细琢磨，这哪里是我想象中的秋呢？分明就是秋天在疯狂成熟后的一种心境，是秋天在火热忙碌后的一种闲静……

秋

刚送走如火的夏天,秋天就悄悄地来了。

在这成熟而温情的秋天里,我一直在收获的梦想里美美地生活着、忙碌着、期待着……不经意间,就发现秋天那张灿烂的笑脸竟逐渐地收敛了,似乎变得平和淡泊而悠闲安静。仔细琢磨,这哪里是我想象中的秋呢?分明就是秋天在疯狂成熟后的一种心境,是秋天在火热忙碌后的一种闲静。

偶尔走在乡间的小路上,我看到秋收后的原野,仍然生机丛生,田里的稻桩远远望去,一片葱绿,仿佛又在孕育着一场新的收获。大地刚经历了一场秋雨,空气像被过滤了似的,夹杂着山坡上野菊花的味道,直往鼻孔里钻,感觉秋意已不像先前那样浓烈,而是给人一种闲适宁静的好心情。在这秋天里,不管有没有收获,秋天一样的给人以欣喜;不管有没有思念,秋天一样的让人遐想。

大地万物犹如完成了一年一度的演出任务,正在忙着卸妆呢!来到一片荷塘面前,我停下了脚步,这是我时时关注的一片荷塘。夏日可是莲叶铺天盖地的妙景,一朵朵高出莲叶的花枝上绽放着或红或白的莲花,有月无月的夜晚,都可以享受"听取蛙声一片"的美妙。自从秋来了之后,仿佛一夜间花和叶就谢幕了,如果说莲叶在夏季还是手挽着手、肩并着肩在大自然的舞台风光的话,秋天这位导演一出场就对莲这位美女提出了苛刻的要求,转瞬卸下了浓妆,那素面朝天的装束不禁让人心生爱怜,秋就是这样让人别有一番滋味在心头。

然而，秋天毕竟是一个成熟的季节，虽然市场上的桃越来越少了，李子也销声匿迹了，西瓜也不如往日香脆甜蜜，但在仲秋成熟的葡萄、枣子和橘子陆续上市，让人始终能感受到果子的飘香，原来秋天是一个既饱眼福也饱口福的季节！在一个小小的县城，秋天还可以品尝到冬日才能成熟的甜滋滋的甘蔗，我想：这是秋天吗，还是早来的冬天？走在人头攒动的街上，我的视线被水果摊前一车红色新鲜的甘蔗吸引住，好奇心驱使我停下脚步咨询摊主，他热情地告诉我说："这种甘蔗叫罗汉甘蔗，是从广西运过来的，秋天开始成熟，一直到第二年的春天都能尝到。刚上市，所以每斤价格要比冬天的甘蔗贵几倍呢，但口味好，销量也很不错。"听着他热情地介绍，我欣然买了一根甘蔗，让全家人品尝，大家开心地啃着甘蔗，可口浸甜，不禁啧啧称赞，我觉得这个秋天格外的滋润且甜蜜。

也许实实在在的事物，都是不露声色的，秋天褪去了华丽的外衣，是在无声地彰显她的成熟和更强大的生命力。那深埋在淤泥里的茎，将成为最时尚的美味，一直伴随人们走过严冬，直走到来年的春暖花开。果树上逐渐稀少的果子，总是原汁原味地把甘甜献给青睐它的人们。外地"进口"来的火龙果、猕猴桃、香蕉、苹果等默默无闻地弥补着季节和地域的缺陷。秋在四季里，无疑是迷人的，最具魅力的，她的到来轰轰烈烈，可她的离去，绝不是低调，更不是失落，而是一种"淡泊明志，宁静致远"的境界，我抚摸着岁月的痕迹，仰望秋的身影，不禁欣慰感慨。

在秋收之后，家家户户大量的工作由室外转向室内，仿佛学校的军训在室外集训之后，自然转为内务整理，秋于是变得格外的温馨和谐。我看到在秋收后稍作休憩的农民，很快又投入了另一场忙碌之中，天晴的日子，农民开始在田间劳作，呵护一块块初生的油菜地，开辟一片片熟悉的麦田，打造一畦畦肥沃的胡豆豌豆地……

秋潇洒地在大地上迈着稳健的步履，一路走来一路叮嘱，人们紧紧地拽住秋的衣襟，紧锣密鼓地在大地上规划着自己一冬的憧憬！

柳韵

柳的姿态婀娜迷人，摇曳多姿，常给人诗意的美感，我喜欢各个季节的柳韵。

记得我家乡的小河边有很多柳，一棵一棵的柳树，纵看像一队排列整齐的士兵，在日夜守护着村庄；横看却像一个个含羞的少女，在那初春的阳光下含情地微笑。那日夜奔流不息的小河，弹奏出动听而悠扬的乐曲，让柳舒展着妩媚的身姿，如歌似舞地装扮着村庄，村庄也因柳变得如诗如画。

柳映衬着小河充满了浓浓的春意，迎来了洗衣服的女人们，她们那淳朴而美丽的身影倒映在水里，与那倒映在水里的柳影并行，重叠成一道美丽的风景。看上去，花花绿绿的，缤纷有致，仿佛是水里的柳开了花，在微波中摇曳生姿。可抬头看岸上的柳，哪有花呀，却只是一片逼人的绿，绿得让人惊喜，绿得让人沉醉。难怪贺知章在《咏柳》中写道："碧玉妆成一树高，万条垂下绿丝绦。不知细叶谁裁出，二月春风似剪刀。"

在绿柳的映衬中，转眼间就进入了夏天，夏天的柳更显出一种成熟的美。那有些嫩嫩的枝条，变得粗大而结实，原先那稀疏的叶，也变得密密实实的。在那火辣辣的阳光的照射下，小河似乎变得更加的温驯而充满灵气。河岸边总是坐着劳动累了的山里汉子，在这柳叶儿轻拂、河风吹送中，他们先是无聊而小声地聊着像陈年老酒般的浪漫事，聊着聊着声音高亢，情绪高涨，浑身充满激情，分不清是高兴还是忧伤，

"扑通"一声,跳进河里,在河里如鱼儿般自由地游来游去,尽情释放夏季的浮躁和火热。

在夏天的月夜里,河边的柳下更是充满着令人神往的色彩。那正在热恋中的恋人,总是在这月夜里,跑到河边的柳树下约会,是柳带给他们思念和甜蜜;而曾经有过追求的人,也一次又一次在梦中来到柳下,追寻着记忆中的甜美往事;那为爱、为生意、为事业而失意的人,也在这皎洁的月光下,在河边走走、坐坐,听河水的歌唱,看看柳那有如清风明月般的淡然,想想那柳有如河水般的洒脱,心中似乎变得明朗、澄澈起来,回到家里就忘了所有不高兴的事。梦中还看见这夏天的柳,像母亲的手轻轻地从自己的脸上抚过……

当秋天来临时,田里的稻子成熟了,河边的柳也像山里人一样,充满着收获的欢愉,也沉浸在欢乐与温馨之中。那沿河两岸的稻田里,便传来农人们收割时的欢声笑语,也响起奔忙而坚实的脚步声,柳这时更像曾经在这片田野上耕种过、收获过的老人,用心尽情地感受飘浮的稻香,用沉默饱含着对丰收的祝福。

但那一场秋雨的到来,将刚刚收获过的大地浸润,也将山里人的心情落得缠缠绵绵的。难怪李商隐在《柳》中吟诵道:"曾逐东风拂舞筵,乐游春苑断肠天。如何肯到清秋日,已带斜阳又带蝉。"

在冬天,柳也跟其他树一样,虽然叶子落得光光的,只剩下枝条,但柳依然昂着头,挺着胸,如一个坚强的男人站在那里,默默地守望着那片曾经耕种和收获的土地,默默地守望自己的家园。这时,那条奔腾的小河也许封冻变成了冰,那往日许多不切实际的梦幻已经凝固,但不论是柳,还是小河,心中依然对春天充满着向往与期待。

当那暖暖的阳光,照在冬天的大地上,暂时结冰的河水也开始融化,一年四季,河边就像村里人的第二家园,男男女女,不论是老人,还是小孩,都喜欢河边的坝坎,喜欢河边的柳。这充满人气和灵气的柳,在冬天阳光的映照下,裸露着生命的本色,精神抖擞,沉思如画,就像山里人躺在刚晒干的被子里一样,梦中充满着柳一样的对来年的希冀!

  婀娜多姿的柳,诗意灵性的柳,让我那关于家乡的记忆又长出了新绿!

回家的路

在县城工作多年的我,一直保留着一个习惯,喜欢周末回乡下老家看看。

回老家的路是一条大动脉,车流量很大,路况总是由坏变好,又由好变坏,周而复始,让出行的人们焦头烂额。尽管这条大动脉出现车辆阻塞的现象快两年了,可丝毫没有影响我回乡下老家的激情。这个周末,雨过天晴,不论情况好与坏,我们一家决定回乡下老家去看看。

为了节省时间,我们准备选择出租车代步。很快就招呼到一辆出租车,开始讨价还价,出租车司机要80元,我说:"那么高呀,又不是过春节,60元吧,我们就走。"司机说:"路不好走,还不知道堵车不?"我说:"听说不堵车了,60元去不去呢?""走嘛!"司机一下子变得很干脆。我们一家三口,加上侄儿,共四人匆匆上车起步了。小家伙们也许是好久没回老家了,掩饰不住内心的喜悦。儿子说:"我要回去看爷爷为我养的小白兔变成大白兔的样子。"侄儿稚气地说:"我要回老家和家里的那群小鸭子玩。""还有树上有个大柚子,爷爷等我回去摘呢!"儿子很开心,"奶奶的汤圆煮好了,我们要以最快的速度回家喽!"小侄儿竟旁若无人地唱起来:"汤圆汤圆卖汤圆……"

出租车跑了一段上好的柏油路后,迎来了家乡这条大动脉的镇痛处。雨后到处泥泞淤积,坑洼不平,只有宽宽的路基看得出这是一条正在孕育的公路。坐在车上,就像坐在摇篮里,左晃右晃,不时听到车轮轧抵路基的嘎嘎声,有时车慢似蜗牛,就像一个年迈的老人费力地爬坡上坎一般。我仿佛看到师傅坚定又无奈的表情……我开始后悔：为什么这条路还这么糟糕，原以为这条路也会随着时间的推移减轻孕育的艰辛，轻信有人说不塞车了，以为就不会再走这泥泞的路了。唉，我怎么还忍心把师傅的价钱砍得那么低呢，我想等会到站一定要老公补贴师傅一些，这样我的心里才会平衡。"哎哟！"小侄儿的头在车窗上撞了一下，我回过神来，车子缓缓地停了下来，原来是让车。很快，车又艰难地继续前行了。

我们和驾车的师傅都觉得很幸运，幸好不是塞车。人在途中，每一步都是未知数，谁会肯定接下来的路会更好，车会更少呢？也许是因为回家的兴奋，或许是对乡下老家的深深眷念，我感觉到我们乘坐的出租车就像一匹烈马，奋力地越过凹凸处，驰骋在泥泞不堪的准柏油路面上而毫无怨言，不论是车，还是人，都接受现实的考验。突然，车终于像前方无数受阻的车辆一样，别无选择地停了下来。师傅毕竟是有经验的车手，他下车反复侦查情况后，拱手遗憾地说："对不起，朋友，我只能送你们到这儿了，实在是抱歉。"可这儿离我的老家还有4公里路呀，我带着孩子悻悻地下了车。老公付款，师傅无论如何都只收了50元。其实，生活中，我们有时不得不接受像这样事与愿违的事情，这也许就是天意吧。只见车瞬间在狭窄而脆弱的路面上调好头，反向长驱驶去。

我们一家子开始了奔向老家的泥泞之行。公路上的行人越来越多，车辆滞留在路面上，像一条望不到尽头的长龙，我们甚至是穿越车与车之间的缝隙前行的。老公一手搀扶着孩子，一手搀扶着我，竟有说有笑地步行了2公里多，好心的摩托车师傅终于让我们缩短了回家的距离。当我们站在老家门口时，个个已是泥人般，鞋袜、裤腿都沾满了泥浆，老爸老妈开心地看着，笑着，我们心中像有一股清泉流过，不禁对这条回家的路充满了感激之情。

　　因为修路，因为塞车，这条回家的路变得漫长而缠绵，这次回家的感受变得真实而浪漫！

爷爷的事业

一

爷爷是典型的富家农民，由于家里成分不好，年轻时几乎错过了参军、求学、发财的机会。幸好读过几天私塾，迎娶了贤惠多能的奶奶，家业逐渐好起来。60岁之前，爷爷都是生产队长，每天都在村里忙他的事情。退下来后，他却闲不住，首先是把我家的老房子换上了青砖瓦房；其次是操起了父辈的旧业——染纸；再就是开了一个副食店，方便左邻右舍，清闲度日，安度晚年。

把我家的老房子换成青砖瓦房，爷爷从思考到最终和爸爸、幺叔把房子建起来，足足花了三年时间。其中有两年多的时间都是用自己家的砖窑为左邻右舍的熟人烧制砖瓦，等到我家建房时，前后仅仅花了两个月的时间。爷爷自己看的吉日，几乎从下地基开始到上梁的一个月里，天空没有下过一滴雨，也没有任何干旱的迹象，村里的人不禁啧啧称奇，都说老人家善良，有福气。一幢十三间的青砖瓦房四合院就是我们每年春节和中秋节团聚的老房子。

爷爷在六十岁后，竟在农村老家开办了当时少见的染房，专门印染各种颜色的纸，尤其以大红纸居多。染房就像一个小小的原始加工厂，在我家四合院向东的环房里，起初只有一张案板，两三排架子，后来屋子墙壁周围都搭上了一层又一层高高的架子，甚至延伸到了室外的屋檐下。再后来，还在印染纸的屋子一角多出了一个炕灶来，是专门用来烤纸的。爷爷的染纸方法简单，却很有效。颜料是自己熬制的，比如黄色是用槐树籽熬制的，黑颜料是用松香熬制的，只要调配适当，颜色看上去很纯正。爷爷是大师傅，只见他把刷子在缸里轻轻一蘸，凝神静气，双手协调自如，上下左右来回在白纸上挥动五六下，几秒钟就完成了他的一件作品。然后用一根细长的棕棍把纸挑起来晾在架子上，如此反复，直到把染房里的架子晾满为止，就是他半天的劳动成果。

爷爷对染纸很有研究，尤其是行情，把握得很准。有一年，不知是哪儿得来的消息，说一令大白纸要涨价，爷爷竟拉了一车纸回来放着慢慢印染，果然应验了，大白纸涨了原价的20%。90年代初，改革开放的春风已吹拂神州大地，需要更多的中国红来渲染新中国成立后改革开放的成果，大红纸逐渐成为家家户户过年过节的必备物品。他印染的纸由最初的花纸、黑纸、黄纸、蓝纸……集中到大红纸的印染上。染房也因为中国红显得喜庆吉祥，络绎不绝的商贩把一担担的纸挑往村里镇上，甚至有个隔房的叔叔跟爷爷学习印染技术后，在县城里开起了红纸专卖店。爷爷的染房被称作"红房"，日子也过得红红火火，一干就是十年，七十岁的爷爷退休放弃染纸时，市场上已有了更新潮的机制大红纸代替了手工印刷的大红纸。

爷爷出售染纸时，家里来来往往的人很多，副食商店应运而生。染纸业停办时，爷爷经营副食店，每天二两高粱白酒陪伴，加上奶奶的精心照顾，在我眼里，爷爷压根就不像一个真正种田的农民，而是一个有思想、有干劲、有进取精神的个体专业户。

二

爷爷的染房不是染绸子、布和衣服的染房，是专门染五颜六色纸的染房。每当我回到山清水秀的老家时，我都会情不自禁地走进爷爷的染房，看着那曾给我童年慰藉的家什，心里充满了无限的敬意……

80年代初，改革开放的春风吹遍了大江南北，家里有爷爷奶奶幺叔幺娘爸爸妈妈和我，共七口人，而且还在增添人丁。爷爷是一家人的顶梁柱，家里就靠爸爸微薄的工资和叔叔在当地打工的一点收入维持，这一家子的生活常常让爷爷犯愁。看着祖辈们留下来的一些印染工具，爷爷一个人又能怎样呢？他常常在村子里转悠，像在做调查研究。有一天，他在饭桌上对一家大小说："现在过年过节渐渐热闹起来了，几乎家家户户都需要大红纸，写对联，制灯笼，做鞭炮等，有的人要到很远的镇上去买，都只有赶集才能买到，很不方便。我决定把祖业传下来，至于儿子孙子这辈，你们只要知道唐家曾有染房就行了。"

要知道，爷爷可是六十岁的老人了，我想他要亲自开办染房不仅仅是为了生计，更是对我们的一种言传身教吧。他不是不知道当年他的爸爸开办染房的艰辛，听我爸说，他爷爷当年的染房很有名，被称为"红房"，专门印染大红和大红花纸，这是一代一代传下来的家业。可爷爷的父亲却在60年代初，灾荒年染病去世了，加之"文化大革命"期间"红房"遭毁，仅剩几块印染工具了，爷爷守护着这些泛着陈迹的家什，竟一直在酝酿他的梦想……

家里的染房就在我家四合院的偏房里，大大的一间屋子，有一块长约5米宽2米的案板架在屋子核心位置，靠墙的两侧是一排高高低低的架子，在进门右侧倚墙有一个惹眼的炕灶，过道旁边有几捆匀称的棕棍，案板上的纸、笔，旁边的染缸都有序地排放着。白天爸爸和幺叔在外面忙,家里爷爷、奶奶、妈妈、幺娘就染印各种五颜六色的纸。

家里的人都自觉地向他老人家学习染纸,并主动当帮手。我上小学五年级,也算得上染房里一名小小的员工,每天从学校回来,做完作业,就高高兴兴地和妈妈、幺叔、幺娘一起当起了"搬运工"。我们常常把一杆一杆的纸从里屋搬到外屋,又从外屋搬到屋檐下的架子里,双手拿着纸在屋里屋外来回地跑着,那五颜六色的纸就像一只只翻飞的红蝴蝶、黄蝴蝶、蓝蝴蝶,在眼前飞舞晃动,诗意般点缀着我那金色的童年时光……

爷爷很少亲自到集市上去销售他的产品,家里来来往往的人很多,有来自镇外的生意人,有本乡的人,还有邻居。他们一担一担地把五颜六色的纸从我家的染房挑出去,一张张地卖给乡下的老百姓。特别是逢年过节,离我家近的人们就亲自上门来买。我家的染房常常被挤得水泄不通,爷爷总是以批发价出售给他们,看着购买者脸上的笑容,仿佛感受到了他们装点家园时的喜庆气氛。为了满足上门顾客的需要,我家特地开设了烟酒糖副食店,辅助爷爷的染房需要,搞活了我家的经济,于是我家成为了农村先富起来的家庭之一。

如今,我的爸爸和叔叔们都没有从事爷爷的印染业,也都在城里发展得很不错,但他们最初就是靠爷爷教给他们的印染技术发家的。

心态

每当朋友在群里抱怨的时候，我会耐心地劝说，大凡结束语都是：心态好，一切皆好。好的心态总能给我们带来愉悦的心情，为我们的工作和生活添彩；反之，就会带来不可预料的消极影响。

那天好友在QQ说说里极不开心地发牢骚道：一大早就把手烫伤了，今天绝对是倒霉的一天！我能想象得出她难过的表情和那时烦躁的心情，可惜不能在身边好好劝她一下，让她心情平静。一个不小心的动作，让自己烫伤了，怎会跟一天的运气联系起来了？这是什么心态呢？姑且叫灰色心态吧。几天后，我碰到她，想起了某月某日她不小心的事情，不禁询问道：那天早晨倒霉的一点小事，是不是让你倒霉了一天呢？她很阳光地说道："没那么严重，很顺乎的一天，即使有不愉快的事都没有比烫伤难过的了。"我不禁掩口而笑，说道："你也太夸张了吧！"人生不如意之事常十之八九，不经意就会伴随我们，当不如意之事不期而遇的时候，我们的心态、情绪是怎样的呢？像火山爆发，像波涛翻滚，像台风袭击，像大雨倾盆……其实，转眼，即是风平浪静，风和日丽。

也许经历多了，所见所闻多了，好些事情在他人眼里一惊一乍的，在我眼里却很寻常，很淡定。那天，妈妈在自己箱子里怎么也找不到自己的存折了，翻箱倒柜，该找的地方都找遍了，仍不见踪影。大家回忆了一切丢失存折的可能性，仍无济于事。我不知道妈妈的存折里究竟有多少钱，也许不是个小数目，她急得在屋子里团团转，眼泪也急出来了。可我心态很好,情绪平静,我说,首先这是我的家,如果没有任何可疑的人来,就不可能丢失东西;其次,存折不见了,身份证还在,说明钱还在银行里,这大可放心。我这一说,妈妈一下子就醒悟了,立即带着我老公去老家的镇上银行挂失,并查找了存款去向,竟发现了一张在重庆办的银行卡,这段时间在重庆读书的侄女根本就没有回家,不可能会办这样一张银行卡,家里的人根本没有去重庆,都被排除了。一个准确的信息是一周前河南的舅舅带着儿子儿媳到了我家小住,滞留了2天,难道是舅舅的儿子,曾经有过不良习惯的四娃?我和老公上班,妈妈忙着煮饭,莫非他偷空打开了妈妈的箱子?他的爸爸和媳妇在我家究竟看到他的行为没有?会不会睁一只眼闭一只眼呢?我想,不会的。但事后,四娃的确是偷走存折的人,走的时候,他们一家去了重庆,说是取身份证快递,离开重庆之前办了这样一张卡,想把存折上的钱转到卡上,谁知没有身份证,存折纵然没有密码,他也无法转走存折上的钱。老公带着妈妈挂失了十来张存款单,花去一百多元手续费,她终于找回了自己所有的积蓄,总共5.8万元,妈妈破涕为笑了。

  这事如果不是妈妈找存折取钱给刚买新房的二弟添置家具,一年半载也不会被发现。妈妈是个心直口快的的人,也是个心善、乐善好施的人,我怎么也不相信倒霉的事情会发生在她身上。人生虽然有不如意的事情,但只要有好的心态去积极应对,就会带来改变和转机。

  那天经历的事情大家都认为太突然太煞风景了,可在我眼里就是一个小插曲,一段花絮罢了。爷爷九十大寿的前一天晚上,我们一大家子聚集在老爸家,要为爷爷奶奶祝寿,人都到齐了,四世同堂,在客厅里聚集了21人,好不热闹。大家先聊天,嗑瓜子,然后拜寿。这是一个简易的寿堂,没有鲜花,没有舞台,仅有糖果和热茶。两位老人端坐在正前方，等着拜寿仪式开始。主持是我家17岁上高二的儿子，外公心疼他，也想看看他的能力，让他担任主持。儿子没有准备，他说即兴发挥，我说，行。拜寿开始了，首先是父辈，有爸爸妈妈、幺叔幺娘、姑妈姑爷（宝宝）。儿子让他的舅舅给他准备好话筒，认为这样更有气氛，儿子用话筒说道："拜寿了，谁先来呢？"他一一叫了第一批拜寿的人员，爷爷说："儿子先来。"很快，两个儿子儿媳来到爷爷奶奶面前，没等姑妈姑爷上场就先拜了起来。姑妈姑爷因带着外孙，慢了一拍，在大家看来，女儿接着拜也是理所当然的，可女婿却不依不饶，为什么要这样呢？儿女满堂，儿女满堂，啥子叫儿女满堂，简直不懂！这话不是说给爷爷听的，而是说给我老爸听的，我老爸喝了酒，姑爷也喝了酒，老爸一时没有反应过来姑爷在这个场合为什么要计较和生气，为了制止姑爷"无理取闹"，老爸也"火"了，老爸不解的是，在这样和谐温暖的时刻，竟然出现了这样不和谐的声音。姑妈包了一个大红包给爷爷，老爸还说了句，我知道你们给的是大红包。姑爷听罢此话，把爷爷手里的红包拿过来，从红包里抽出一沓厚厚的人民币，然后把红包纸扔在一边。姑爷嘴里还在嘟哝着什么，然后退到一边坐下，嘴里仍在说着刚才拜寿没有同台的失落，怎么也不拜了，他要破场了！姑妈看情势不对，一个人跟自己的爸爸妈妈拜寿磕了头，大家都劝姑爷不要计较，谁知越劝阻，他越激动。儿子主持的拜寿仪式继续进行着，我看在眼里，心头明白姑爷的想法，我有意让我的弟弟、弟媳先拜，我和姑爷的女儿女婿一道拜，让他们明白拜寿就是个礼节，是个仪式，甚至是个游戏，不必太认真，更不必带着封建思想。凡事有先后，都在这趟车上，争个位置优劣有什么意思呢？拜寿结束了，可拜寿的余波还没有结束，甚至比拜寿的时间还长。大家忘了吃长寿面，吃寿桃，吃糖果和喝茶，都被卷入一场拜寿的"小插曲"里。

我把它作为一段花絮,我跟爷爷奶奶谈了心,让他们知道除了他们俩,这一屋子的人都是孩子,他们释然了,明白了大孩子也常犯点小错误,告诉他们一切平安无事,明天一切都平安无事。

在爷爷的寿宴上,姑爷笑得很开心,已过花甲的他让我忽然感觉年轻了许多,一道跟着我的爸爸、幺叔向客人敬酒,打招呼,昨晚不开心的刹那,大伙认为煞风景的事早已烟消云散。有的事情说大也大,说小就小了,心态好坏将决定心情的好坏。

每周一上班,我都习惯性地把笔记本电脑提到学校办公,谁知电脑突然没电源了,并没有停电啊,我很平静,那就找找原因吧。我请教了我的同事,不料他是物理高手,不但找出了原因,还费了好多心思帮我修好了接触不良的线路。我没有因电脑坏了难过,反而因电脑又能继续工作了而开心。中午吃饭后洗碗,碗底突然掉了一个东西,我觉得有点奇怪,仔细看,原来是碗底外面的一块垫子掉了,一点没影响碗的功能,我反而把碗洗得更洁净,又开心地去忙其他的了。这些是芝麻大点的事情,谁都会一笑了之。那天我在家为儿子烧饭,两手不空地端着菜去热,谁知脚底一滑,无法控制自己的速度,一个盘子瞬间打碎,臀部直线落地,疼了好几日,也从不自怨自艾,天天都拥有阳光心态。我把不如意的事当成跟自己开的玩笑,对生活常怀一颗感恩的心,我就能心态平和,自在安乐。

生活中,不如意的事或许躲得过,或许谁都躲不过,也许一时会给我们带来伤痛,或郁闷,或清愁,或多或少影响着我们的心情,左右着我们的心态。其实,只要向前看,就会云开日出,阳光灿烂,我们就会源源不断地感受到人间的温暖和馈赠。

银镯子

家里珍藏着一个古老而稀罕的银镯子,泛着微弱的亮光,还能依稀辨识镯子上刻印的龙样的花纹和篆书字迹,听奶奶说是她的奶奶传下来的,现在镯子的主人是我的妈妈。

也许是一代一代传下来的"宝贝",大家都没舍得戴在手腕上,而是用了一块手掌大的绸子把它包起来,妈妈从她的婆婆手里接过来就珍藏在结婚时那口老箱子里。妈妈偶尔也从箱子底翻出来,不是拿来把玩,也不是拿来炫耀,而是拿来为小孩子祛风除邪。听奶奶说我的爸爸、堂叔都曾用家里祖传的银镯子祛过风除过邪,更不用说我们这代人了。

隔壁张婆婆家的儿子、孙子在一岁之前,都到我家来借过银镯子。张婆婆也知道这是祖传稀罕的宝贝,给孙子借银镯子祛风时,很小心地从我妈妈手中接过镯子,放进锅里沸腾的水中消毒,把事先煮好的滚烫的鸡蛋剥壳,只留蛋白。然后用一张干干净净的方手绢把蛋白放在中间,再把银镯子包裹在里面,扎成一个结,趁蛋白和银镯子的余温在小孩的脸部,特别是眼部周围,来回地滚动,直到小孩子"哇哇"大哭,大人也不轻易松手,差不多蛋白碎成泥了,就算为小孩子完成了一次治疗。张婆婆把银镯子从碎了的蛋白中取出来,拿给大伙看,啊,银镯子顿时没有了光泽,就像上了一层卤水!邻居几位老人凑在一块议论道:"难怪小家伙晚上睡觉要哭要闹,好严重的风邪哟!"她们像做了一件很了不起的事情,简直可以胜过当地最好的医生。这就是祖传下来的银镯子，为小孩子祛风除邪竟成了它存在的价值和理由。

等到自己当了妈妈，儿子杰杰在一岁左右时，身体瘦弱多病，眼部和鼻梁周围好像有青筋突出，这被妈妈认为是孩子风邪严重，于是妈妈毫不迟疑，费了九牛二虎之力找到奶奶留下来的过去好多孩子都使用过的银镯子。就像当初张婆婆给她的孙子祛风一样，妈妈心疼自己的孙子，几乎未经过我的同意，就如法炮制地为自己的孙子祛风。之后，我没有发现孩子因为用过银镯子祛风后有什么更好或不一样的地方，可就是这种简易的没有任何毒副作用的疗法，让很多家庭主妇迷恋，也让我家的银镯子远近有名。妈妈为了保险起见，甚至以押金的方式借出，再以退还押金的方式等待镯子及时回到身边，继续珍藏在妈妈那口朱红色的老箱子里。

随着时代的进步，更年轻的妈妈们似乎不大相信这一招了。不知什么时候，妈妈竟责怪自己的记性不好了，非要把祖传的银镯子让我收藏。我怎么也不肯接手，我更愿意一起帮着妈妈记住家里的那口老箱子，让家里的银镯子可以无忧无虑地沉睡在那口朱红色的老箱子里。

马年清明会

2014年的清明节,印象最深的莫过于淅淅沥沥的雨,似乎迎合着清明节追思缅怀的气氛。可对于要参加一个家族的清明会来说,我还是嫌雨有点大,甚至觉得雨下得不是时候。

一大早我就被老公敲醒了,"快,快,出发了,一会儿晚了!"我一看时间,才八点钟,心里嘀咕道:好不容易有个假日可以多睡一会儿,这么早就在捣乱了,太折腾人了嘛!我翻身又小睡了会儿,终因经不起老公的催促,乖乖地起来了。没想到一向放假就大睡的儿子比我起来得还早,看来今天是必须听老公使唤了。

我来到阳台,伸了个懒腰,只见大地雾茫茫一片,春雨像喝醉了酒,肆无忌惮地抛洒着甘露。公路上早有打着伞匆匆步行的人们,路面湿漉漉的,奔驰的车轮轧出一道道的车辙,发出连续的"唧唧唧"的摩擦声。一股春寒袭来,我立即退到了客厅,看到早在等我的老公和儿子,一股暖意涌上心头:不管怎样,收拾收拾东西吧,国家法定清明节,回趟老家是必须的,不管刮风还是下雨,该去哪儿还得去哪儿呢。

我们一家人提着行李出了门。雨中,我们三人撑着一把伞,老公左边是儿子,右边是我,一把伞能把豆大的雨点全挡在外面。我们步调一致地来到了公路边乘车,招了一辆出租车,还价时老公出60元,这是市场价,一般都没问题,可师傅不答应,我看在下雨的面上,更看在清明节的特殊气氛里,我说70元,走吗?师傅爽快地答应了,老公一向很大方的,没想到我把价讲了他白了我一眼,不过还是开心地上车了，我和儿子接着上车。其实，我是包里揣着一张75元的稿费单才这样大方呢，这个秘密我没有告诉老公。出租车在雨中行驶了半小时，我们也和师傅开心地交谈了半小时，到了万古老家，感觉特别亲切、温暖。在兄弟的中餐店里，母亲已经为我们盛好了红薯稀饭，我们下车来不及休息，就围着桌子美美地品尝着甜润的红薯粥，真是美味佳肴啊。吃罢后休息到上午十点，才进入清明会正题。我们决定去雍溪镇农村的一家何氏老辈子那里吃清明会酒。

雨还在淅淅沥沥地下着，决定去吃清明会的事情绝不能因天气受阻。我们一个何氏家族计划去两桌人，不料统计下来只有七人，三哥家因要事不能前往，少了一桌人，儿子是宅男，别想上高中的他还会跟着父母东跑西跑，能主动回趟老家，算是表现不错了。我是老公的跟班，要去的，妈妈犹豫了半天被我和老公说服去了，隔房的二妈、二哥加上小侄女，一共七人。我们叫了一辆熟人的长安车前往，从万古到雍溪，再到镇边上的农村，不过二十分钟。来的路上车速快，竟在快到雍溪镇街上时，碰到一辆轿车在公路上掉头，险些撞了过去，一个紧急刹车，把大伙吓出了一身冷汗。这下雨天出门，危险要大一倍啊！要是我们的车真撞上了挡道的轿车，我不想后果是什么，我只会埋怨为什么，为什么清明节会下雨呢？很幸运，师傅技术高超，我们只是受了一点惊吓，不在话下。车转进了一条乡村公路，一弯接一弯，那是一条农村修得很漂亮的柏油路，车可以一直开到屋檐下。到站下车，早已没有了刚才受惊吓的不快，没有什么比能见到同宗同族的亲人更高兴的事情了。

清明会办在何氏老辈子刚修好的一楼一底的清水楼房里，因为下雨，楼下楼上都安满了桌椅，我们一行人径直来到了楼上客厅，满屋子的人在烟雾缭绕中聊着天，嗑着瓜子，一派祥和的气氛。我们来到里屋，人稍微少些，我便找个位置坐下来，面带微笑地倾听着其他人的声音。有的谈着自己的儿女，有的谈着自己的生意，有的谈着自己的农事……我是局外人，大家都不认识我，通过认识我老公，才把我和何家屋沾上边。老公给我介绍了一些人，他们都是我的老辈子，有的要高出好几辈，不知道怎样称呼，于是一律都以老辈子称呼。

在我的旁边，一位老辈子很快就跟我旁边的人聊起了他的家事，他那不幸的儿子在去年因白血病离开了人世。从他的口中，我知道那是一个多么优秀的孩子，大学毕业，在苏州一所学校教书，有妻子，还没有孩子，竟患了白血病。在病痛折磨期间，儿子是多么坚强，父亲对儿子的照顾又是何等仔细，可亲情再浓也抵不过顽固的病魔，儿子还是无可挽回地去了，那是一个怎样风华正茂的生命，才29岁。我听着这个从父亲口里说出来似乎已不奇怪的故事，在我心里却深深震动了。这或许就是一位父亲在这个特别的节日对自己儿子的缅怀，哪怕是在自己同宗同族的晚辈面前说说，也能体现一个父亲对已故的儿子的深深眷念。虽然我没有看到父亲眼里的忧伤，没有看到父亲在讲诉已故儿子时的难过，但我看到了这是一位多么坚强的父亲，一位多么慈祥的老辈子。

即将开饭，没有举行隆重的讲话仪式，而是所有到场的客人，按辈分轮流到堂屋拜列祖列宗，楼上排到楼下，就像一条长龙，不论老幼，大家都自觉遵照执行，秩序井然，其乐融融。之后，便是入席就餐，我一直都看好来时坐的地方，那是一张八仙桌，板凳和桌子极不相称，桌子很高，但古朴干净，一定是几代人使用过的桌子了。我们由三个人等到六人，开席前还差两人，我们没有再等，一直吃到最后都是六个人，四个都是老辈子，只有一个小妹妹和我是同辈。我用奶茶一一碰杯，表达我这个晚辈的敬意。八仙桌上的菜肴重重叠叠，一点不亚于宾馆的桌席和口味。吃罢饭,外面人头攒动,比吃饭时还热闹,原来是大家在集资,3000元的,2000元的,1000元的,500元的,200元的,100元的,50元的都有,自愿出资,图个吉利和高兴。我们是工薪阶层,在我眼里,老公还是大方,出资500元,去年也是,谈不上贡献,也能体会到他对这份宗族情的看重。

这是我第二次到何氏家族吃清明会酒,第一次可推算到十几年前,孩子才几岁,我们一大家人来到旧时坝的一个农村院子里吃酒。天气很好,阳光灿烂,油菜花香,小院温馨,气氛浓烈。有位年逾古稀的老辈子很精干,组织能力也强,尽管只有5桌人,却办得有声有色,令人难以忘怀。只记得当时老公出资200元,大家还觉得他真大方。现在想来实在是不可思议。这次来吃酒,我发现了几个变化:一是来参加清明会的人越来越多了,由过去的5桌加到15桌了;再就是出资的人越出越高了,由过去的几百元到现在的几千元已很常见;最后,我发现过去主持清明会很精干的那位老辈子已不在现场了,听说两年前就已经见列祖列宗去了。

马年的清明会在雨中进行,也在雨中结束了。缅怀为我们今天幸福生活带来安康的革命先烈,追思为我们辈辈代代带来吉祥如意的列祖列宗,是他们教诲我们晚辈成人成才,带给我们家族最原生态的,最朴实,最古老的血脉文化。

西部之行

一

那是2008年7月,我有幸到西安、宁夏、甘肃等地旅游,深切地感知了西部的脉搏和心跳,让我久久不能忘怀。

如果说上海时尚得流光溢彩,西安就时尚得古朴优雅了。借用著名作家贾平凹的说法就是:"整个西安城,充溢着中国历史的古意,表现的是一种东方的神秘,囫囫囵囵是一个旧的文物,又鲜活活是一个新的象征。"走进西安,不可否认的是它一样具有现代城市的共同特征,但绝不仅仅是那一点点给人的神秘和新鲜。

西安的城墙是一道风景线。至今已有600多年历史,是中世纪后期中国历史上最著名的城垣建筑之一,是中国现存最完整的一座古代城垣建筑。西安城墙是在唐皇城的基础上建成的,完全围绕"防御"战略体系,城墙的厚度大于高度,稳固如山,墙顶可以跑车和操练。如今作为历史古迹观瞻,游客可步行,也可乘兴骑车游览。这一道古色古香的城墙,在现代都市的怀抱里,经过后人的修缮,仍散发出扑鼻的历史芳香。它显得与众不同,就像时尚堆里突然钻出一个古典美女来,给予人更多的关注和思考。城墙经过街道、人口聚居处、火车站,成为这座城市的存在,不论这里曾经怎样的金戈铁马,怎样的风花雪月,都已随着历史的车轮沉淀在那厚厚的城墙里了,它将继续作为这个城市的标志,像磁石一样吸引着向它靠拢的人们。

秦始皇是永远的传奇。南倚骊山、北临渭水的秦始皇兵马俑规模浩大，制造规范，是一座地下军事博物馆，被誉为世界第八大奇迹。这些大大小小的陶俑，埋葬在地下近两千年，它们列队整齐，神态庄严，面目清晰，整个身形竟完好无损。当我从它们身边走过，历史的车轮碾压着我的心灵，我看到的已不是一尊尊木讷单调的陶制品，它们在地下埋藏了上千年，几十年前才破土而出，向世人展示军人的英俊威猛，展示军人的忠诚报国，依然是那么逼真鲜活。远看每一尊陶俑都显得庄严肃穆，近看每一尊陶俑都面带喜色，仿佛在迎接向它投来崇敬目光的八方来客。始皇陵至今还是一个谜，今人只能用最先进的科学技术模拟出陵墓的大致原貌。在此被称之为地宫的始皇陵，阴森可怖，像一个金碧辉煌的大箱子，天空流云，演绎着白天和夜晚；金银珠宝，证明着主人的奢侈和高贵。说它是陵墓，倒不如说是主人生前荣华富贵的缩影。让人感叹现代科学技术的高端，让人惊诧古代劳动人民的智慧。

华清池是历史文化的砚台。在华清池大门上方有郭沫若书写的"华清池"匾额，进了大门就看见两株高大的雪松昂然挺立，两座宫殿式建筑的浴池左右对称。往后是新浴池，由新浴池往右行，穿过龙墙便是九龙湖，湖面平如明镜，亭台倒影，垂柳拂岸。由北向南过龙石舫，再经晨旭亭、九龙桥、晚霞亭，便到了仿唐"贵妃池"建筑群。湖东岸是宜春殿，北岸是飞霜殿，沉香殿和宜春殿东西相对，西岸是九曲回廊。"莲花汤"池形如石莲花，供皇帝沐浴；"海棠汤"池形如海棠，供贵妃享用；"尚食汤"是供大臣们沐浴之处；"星辰汤"传说原址上面及四周无遮物，沐浴可见天上星辰。在星辰汤后面还有温泉古源。现在的九龙汤是唐玄宗洗浴的池名，贵妃池是杨贵妃沐浴的地方。这些池子，形状各异，内涵也为之差别，在我眼里就像艺术家的一盏盏砚台，让人目不暇接，拍手叫绝。这里还是震惊中外的"西安事变"的旧址，不同历史时期的意义和价值均在，不禁让人唏嘘慨叹。

在西安，这儿所见的古迹也仅仅是有代表的几处而已，作为一个古都应运而生的文化将是无与伦比的。比如饮食文化"羊肉泡馍"个性十足，歌舞影视《大唐风情》令人陶醉。

在西安，我是一个过客，却感受到了西安的独特，那与生俱来的与别的城市不一样的呼吸和脉搏。

二

带着感慨，带着悠远的情思，我坐上了去银川的火车。这是我第二次乘坐火车，不是白天而是夜晚，大伙儿买了好多小吃，还有二锅头和扑克牌，看来今晚在火车上将是一个不眠之夜。

我们几个女伴先找到自己的卧铺床，稍微歇息会儿，就去看邻居们在做些什么了。有猜拳饮酒的，有玩扑克斗地主的，有一起分享风味小吃的，有独自欣赏音乐闭目养神的，我们最后也坐下来聊天神侃起来。大家对西安这座城评头论足，对唐玄宗和杨贵妃的爱情津津乐道，对银川的水果和影视城充满向往……时间就像沙漏，有的伙伴坚持到十点就撑不住了，偷偷地溜到卧铺床上打起了呼噜。猜拳声没有了，斗地主的声音也渐渐小了，后来只能听到火车和铁轨摩擦时发出的"哐哧哐哧"的声响。伙伴们都睡去了，我就一个人坐在靠窗的位置吹着夏日的凉风，竟没有一点睡意。我想要是白天，我能把窗外的美景尽收眼底，可是黑夜，我只能想象西北的黄土和庄稼，想象这里的孩子和学校，以及擦肩而过的每一户农家。先是我一个人临窗坐着，接着又有几个睡不着的同伴起来了。深夜了，车厢里传来清晰的谈话声，他们问我道:"你怎么不睡呢?一点都不累吗?"我说:"听到火车'哐哧哐哧'的声响,火车摇晃,就像在经历大地震后的余震,担心得睡不着呢!"听了我的话,几个伙伴笑了,也和我一样临窗坐着,大家开始小声地聊起来,就等在火车上看日出观景了。

不知什么时候,大家都自觉去休息了。在迷迷糊糊中,我被好多声音惊醒了,天边的红霞染红了半边天,太阳就像一个火球从地平线上缓缓升起,给大地万物披上了彩装,一道道金黄色的风景线映入眼帘,我看到了崇拜阿波罗的天使——向日葵!太美了,也许传说中美丽的女子,因为得不到太阳神阿波罗的爱情,愿变成向日的葵花,一生执着、一生等待,这就是一个绝好的见证呢。我从来没有见到过这么美的向日葵,绽放着决绝迷人的花朵,露出倾城倾国的美貌,在西北高原上成为特立独行的骄傲。我和女伴欢呼起来,我们吟诵着诗句:"青青园中葵,朝露待日晞""更无柳絮因风起,惟有葵花向日倾"……来表达当时的惬意心境。到了银川,一直都有向日葵陪伴着我们,在影视城,我们先撇下导游,独自来到一大片葵花地,在阳光下与这美丽的天使尽情地交流并合影留念。

走进华夏西部影视城,一个响亮的名字赫然映入脑海,他就是大胆提出"文化是第二生产力"的张贤亮先生,从白手起家到现在拥有上亿资产的作家张贤亮,我们不得不佩服他的经济头脑和艺术眼光。西部影视城先后拍摄了百余部中外影片,在国内外获奖的影片数十部,成就了如张艺谋、田壮壮、陈凯歌、吴子牛、黄健中、顾长卫等一批著名的导演,以及巩俐、朱时茂、丛珊、姜文、葛优、宁静等一批著名影视红星,演绎了中国电影从这里走向世界的神话。走在影视城的角角落落,你会感到一种荒凉悠远的历史文化内涵,一种古朴蕴藉的悠远的人文气息。走在每一个摄影点,都可以尽情地扮演一回临时的男女主角，感受不同地域里民族的风土人情，不同历史时期人物的精神风貌，触摸影视城外核的逼真，感悟影视城文化价值的厚重。

具有塞上明珠之称的银川，是一个魅力之都，尽管这里离腾格尔沙漠不远，甚至附近就有沙湖景观，但丝毫不影响银川城市的美丽和魅力。我们来到了素有"塞上江南"之称的沙湖，才真正领悟了银川的美。沙湖顾名思义，周围是沙坡，唯独中间有一个很美的湖，关于"沙湖"这两个字的书法，曾经还引起了热议，前总书记江泽民到沙湖考察，留下了墨宝"沙湖"，如今挂在沙湖入口处的牌坊上，可怎么看这个"沙"字的三点水都变成了两点水。有人说，这是书法，体现了个人的风格；有人说，江总书记希望沙湖的水多一点，沙少一点。也许这个美好的愿望一直激励着沙湖人。沙湖作为旅游资源，很有开发利用价值。这里湖水清浅，湖中芦苇亭亭玉立，湖上各种水上运动精彩刺激，成为一大旅游看点。在湖边的沙坡上可以滑沙玩、乘坐索道等，沙湖的鱼头十分有名，成为沙湖迎接游客的一道风味特色菜。

银川的特色小吃老毛手抓、烩羊杂碎、羊肉搓面等不在话下，水果西瓜、桃、梨等口味俱佳，最让人难忘的是银川的枸杞子，它让宁夏枸杞全国闻名，宁夏成为全国枸杞科研栽培基地。在偌大的一个园子里，大家在比赛摘枸杞，看谁摘得又快又好，游客可以尽情地品尝。我第一次在枸杞园里采摘枸杞，忍不住边摘边往嘴里送，那贪吃的模样，简直找不到淑女的影子了。尽管主人反复说：大伙别贪吃，药性强哟！可我们都把枸杞当水果，吃得像孩子一样开心。原来枸杞全身都是宝，果实是药，根茎也是药，叶还是上等的药茶。大伙忍不住购买的欲望，一下子竟消费了万余元。

人在旅途，唯有购物是身不由己的事情。此外，再美的景致都需要用心去感受。

三

在去内蒙古通湖的路上，我的心情有点沉重，一路上植被在惊人地减少，沙漠就像殖民扩张，在吞噬着房屋和庄稼。要是一阵大风袭来，就会看见滚滚的沙尘铺天盖地。我曾学习科学家竺可桢先生的文章《向沙漠进军》，里面介绍了沙丘链的移动状貌，运动如何的快速，如何的具有杀伤力，在这里算是亲眼目睹了沙漠的淫威。

在西北，一个致命的硬伤就是水太少，土地很干很干，植被和庄稼都遭受着严峻的考验，土在变成沙，沙在一步一步向人们紧逼。据说有的老百姓不停地搬家，就是被移动的沙逼迫的，沙不断地翻起沙浪，消失了村庄，掩埋了田土，只剩下奔跑的人。旅游车载着我们奔驰在宽阔的柏油路面上，我们要冲出沙海，去通湖草原看看。我在脑海里想象着，那是一个多么迷人的地方，"天苍苍，野茫茫，风吹草低见牛羊……"我们可以驰骋在辽阔的草原，一起歌唱《草原上升起不落的太阳》，可直到下车，我的眼前都没有出现辽阔的草原。我们走下旅游车，发现眼前的牌坊分明是"通湖草原"，我仍然怀着希冀寻找我心中的草原，可那已经是一个历史，一个美梦。这里仅有一块不是很开阔的草坪，可以骑马走一圈，除此以外欣赏蒙古包，继续玩滑沙的游戏。如今的通湖草原沙化严重，土地盐碱化严重，这是眼前不可逆转的事实，就像一位呼吸困难的老人，如果我们听之任之，他还能坚持多久呢？

离开通湖，我们真正要去的是腾格尔沙漠，对没有见过沙漠的人来说，自然很兴奋。在烈日的暴晒下，沙漠的温度是赤脚所不能承受的；在有风的天气里，行走在沙漠是需要保护眼和脸的。此时二者都具备了，我们唯一行走沙漠的方式是骑骆驼。骆驼真是温顺的动物，在炎炎烈日暴晒下，也显得很安静，骆驼的主人把几只骆驼拴成一串，游客骑骆驼，主人只要牵着第一只骆驼步行，其他的骆驼自然跟上，在浩瀚的沙漠里便出现了一支支骆驼队，这是沙漠里的主流风景。如果硬要寻找沙漠里的植被，那应该是一株株胡杨，在沙漠恶劣的环境里生长着，像是过度缺乏营养，分外纤细文弱，在炎炎夏日的炙烤下，仍坚定地对抗着风沙，随风飘动着柔柔的枝条，簇拥在一个显眼的高地，默默地让人垂青。腾格尔沙漠里，那美丽的月亮湖却因为烈日当空，没能亲眼目睹了。

矗立在贺兰山对面的河坝，我分明看到未到秋季，山却披着一件泛黄的衣衫，那是风的威力，当然也是沙的杰作。"驾长车，踏破贺兰山缺，壮士饥餐胡虏肉，笑谈渴饮匈奴血。"想当年岳飞的豪情壮志一定由这里激发，影响着一代又一代的爱国志士鞠躬尽瘁，精忠报国。

可喜的是，西部大开发为当地的人们带来了福音，播种了新的希望，正在谱写美丽的诗篇，我想水源会有的，沙会减少的，人们的生活水平会蒸蒸日上的。

这里，虽然是浩瀚的沙漠，正在开发的旅游资源，但是，我相信一定有更多的宝藏为这里的旅游文化增添自信和神秘。

中秋糍粑香

又是中秋节了,家家户户都飘溢着浓浓的糍粑香。

每年的中秋,吃糍粑和赏月已成了人们过中秋的一大习俗。我从窗口望出去,月亮成了装饰窗口这幅画的主角。在中秋佳节来临之际,我怀着别样的心情,欣赏着窗口的月亮。那渐圆的脸蛋,泛着冷滟滟的光,沐浴着城市和乡村,宁静而和谐,它是不是和我一道在期待这个节日的到来呢?忘不了,过去在老家过中秋的情景,一家人一边吃着飘香的糍粑,一边观赏中秋那大大的亮亮的圆圆的月亮。

那时,我所在的院子有十余户人家,大多是一个姓氏的爷爷、叔叔、姑姑、兄妹们,一年除了过热热闹闹的春节,其次就是过有趣的中秋节了。儿时根本不知道中秋佳节有"思乡、团圆"之意,仅仅知道奶奶和妈妈做的糍粑香喷喷、糯滋滋,总是吃不够。于是从东家吃到西家,从上边院子吃到下边院子,直到把肚子吃撑了,几顿都可以不吃一口饭,才感到过足了这个美美的节日。

为了过好中秋节,在农村,原材料糯米家家户户都是自给自足的,制作方式却相对的集中。人们用舂米的碾子打糍粑,中秋节前一天就要把做糍粑的糯米泡湿泡软,次日天不见亮就生火蒸熟,天刚蒙蒙亮就能听到一声"打糍粑喽!"接下来,便是人头攒动,欢声笑语,大伙都聚集在院子一角,原来打糍粑用的是二婶家的碾子。

二叔为人热情,乐于助人,一身好力气,头一天就挑了几担水,与二婶一道把石头质地的碾子洗得干干净净,木质的碾棒也洗得白亮白亮的。谁家先蒸熟糯米饭，谁家就先打糍粑，劳动力也不分你和我，那白净的，冒着蒸汽的糯米饭一倒进碾子，大伙还争着抢碾棒，口里还喊着"哼呀嚯嗬，哼呀嚯嗬"的号子。孩子们围着碾子嬉闹，等着一家一家打完了糍粑，让大人从碾棒上取下白白的、融融的糯米团，塞进像馋猫一样的嘴里。院子里整整一上午都热闹着，最后端出热气腾腾的糯米饭打糍粑的是王氏奶奶，老伴去世了，和自己的独身闺女生活着。大伙"三下五除二"就为奶奶把糍粑打好了，平时很少有笑颜的奶奶，今儿个笑得很灿烂，直夸院子里的小伙子能干懂事。每每到了节日，院子就会变得愈加温馨祥和，节日把院子变成了一个温暖和谐的大家庭。

后来，舂米的碾子淘汰了，家家户户仍过中秋节，依然保留着打糍粑的传统。院子里的青壮年出去打工挣钱了，剩下的多是老人、妇女和儿童，这时每家每户用来淘米洗菜的烧制的缸钵，便成了打糍粑的工具。由于缸钵不能用力太猛，妇女们就在后院砍了新鲜的竹子，在有节处砍成段，洗净，就成了捣糍粑的棒，既轻便又实用，老人和妇女都能胜任。糍粑白白的，糯糯的，还有一股特有的青竹香味。孩子们一个个手握一根捣糍粑的竹棒啃食着，就像啃着喷香的骨头，在院子里你追我赶，手里玩着就像孙悟空那样的金箍棒。此时，大人在里屋早已把香香的糯米团捏搓成圆圆的像月亮像烙饼一样的形状，大大小小地摆满了一簸箕，晾在自家的堂屋里，准备为城里上班的儿女或亲戚送去尝尝。一会儿，家里老老小小的人儿围着一张大圆桌，吃着刚刚从锅里烙制好的糍粑饼、糍粑条，满嘴喷香，夹杂着孩子的闹腾和老人的叮嘱，整个屋子都浸染在中秋浓浓的节日气氛里。

这些年，中秋佳节的气氛丝毫未减，国家规定了法定假日，城里和乡下的人们都尊重传统的习俗，在中秋节这天，一家人要吃团圆饭，要吃糍粑和月饼。有月的夜晚,家人或朋友在一起赏月聊天,把酒言欢,也是必不可少的节目。如今,在农村也很少见到过去过中秋节的原生态状貌了,月饼几乎成了家家户户过中秋节的代言人,要是能品尝到土生土长的糍粑,简直是幸运,也是福分。

　　透过窗棂,夜色如水,遥望愈加圆润的那轮圆月,更增添了我对中秋节的期盼,因为我还能品尝到农村老家妈妈亲手用竹棒为我捣制的糍粑,就像那浓浓的乡情般,黏糯怡香,回味无穷……

走过恋爱季节

九十年代初,我在一所著名的师范大学读书。那时校园流行电影晚会、歌舞晚会以及各种辩论、竞赛和演讲盛会,我的三位好友就因为频频参加此类活动,都被当时高年级的优秀男生抢走了,哪知毕业时只有一位好友比翼双飞,其余两个都快刀斩乱麻,劳燕分飞了。看着她们的痛苦模样,我暗自庆幸在大学里,我保持了清醒的头脑,才会轻装上阵,踏上自己梦寐已求的工作岗位。

其实我得感谢我的爸爸妈妈,他们心疼我是他们唯一的女儿,读大学时就与我约法三章:一是读大学时不许谈恋爱;二是毕业后不许去外地工作;三是不违反以上两条,就为我谋划工作,并愿意给我一切。从小到大,我一直是父母的乖乖女儿,没想到上大学了,还让他们更不放心了,我一直牢记父母对我的教诲。大学里,许多美好的人和事都与我擦肩而过了,我仍不后悔,因为那时,我更相信父母为我设计的未来。

后来,我才真正明白,父母这样的爱我,他们并不为我设计未来,未来真正由我自己做主。或许我是一个男孩,就不会有那么多蜜蜂像嗅到花香一样靠近我了,因为我是单身女大学生,凤毛麟角,情况就不一样了。说媒的就像买东西一样,排着队,有同事,也有领导,一个接一个了解我的情况,我是一个一个拒绝到底的,我想刚参加工作,要以事业为重,哪能草草率率就把自己嫁出去呢。为了少些麻烦,我就告诉所有关心我的人说:"谢谢你们,我已经有男朋友了。"我这才潜心地投入工作,好好地喘了口气。

一个人少了外界的干扰,就觉得心灵澄澈,我很快就找到了工作的乐趣和意义。那时,与我搭档的也是一个刚从大学分出来的年轻人,持重老成,很有事业心,在一群年轻教师中,比较受领导的器重。我教语文,他教数学,一对很好的搭档,我依仗家里优越的条件,还有自身过硬的素质,表现出一副矜持的模样。但在工作中,我们可是互相帮助,共同协调工作中的一些事务,配合十分默契,彼此都感到对方很不错。渐渐地,双方都产生了爱慕之情,但谁也没有主动向对方表白,都一心扑在事业上,乐此不疲。倒是局外人早看出了玄机,说媒的又在我们中间周旋了,我们只是笑笑,从不表态。不久,学校领导层也传出了消息,说有两位领导在行政会上产生了分歧,分管校长说:"我当时就让你们不要这样安排工作,你们偏不信,学校最忌讳中途换老师,唉,肯定他们要影响这一届的升学率了。"年轻的主任说:"这不是好事吗?两个年轻人都优秀,我们不但要支持他们的工作,也要关心他们的家庭生活,我看大家不必担心,这年头,大学生的素质还是很高的。"一时间,两派意见在学校悄悄蔓延,偌大一个学校关心我们支持我们的还是多数,闲言碎语偶尔传入我们耳朵,但我们毫不在乎,仿佛只有教书育人才是我们最大的快乐。

我们就这样保持着一份内心的秘密,在精神上默默地彼此支撑着,像要把"牢底"坐穿似的,很快就是一年了。生活就像一湖清澈宁静的池水,一不小心就激起了千层浪。一位好友兼同事转了一封信给我,拆开读着,才发现是一封火辣辣的情书。我的心情一下子难以平静了,我感到自己是最幸福也是最无助的人。我该怎么办呢?大家都是好朋友,意味着我必须做出选择,也必将深深地伤害一个人。没有任何人能帮助我,包括一直疼爱我的父母,他们说:"以前读书把你管得太严了，现在要让你好好锻炼锻炼，不然就真是温室里的花朵，怎么经得起生活的严峻考验呢？"因为这件事，我偷偷地抹了几次眼泪，我感到身边这个男孩怎么这么愚笨呢？难道他很开心地看到自己的朋友把我从他身边抢走？一连几天，工作依旧如昨，只是我很少说话了。我看到他表面依旧平静，就像什么也没有发生似的，也许是他压根就不知道发生了什么事吧？我心里有底了，首先我果断地拒绝了那位异性好友的追求，然后我也学着写了一封平平淡淡的情书。我想知道他心里的真实想法，我还想，要是他能拒绝我，我或许会好受些，这样我们都不会伤害自己身边的朋友了。可我斗不过长时间以来内心积淀的情感，为了自己的幸福，我更愿意得到他对我肯定的回答。办公室只有我俩的时候，我把信递了过去，只见他认真地看着，脸渐渐红得像关公，我一直看着他，他简直不敢看我的眼睛，啜嚅着说了一句话："我怕配不上你，所以……"我望着他一语未发，眼泪喷涌而出。上课铃响了，他抱着教案匆匆上课去了。下课后，走廊上聚集了很多学生，我走到他们中间，一个可爱的男孩好奇地问我："老师，今天数学老师怎么啦，说话有点语无伦次的，带着眼镜的脸像抹了胭脂一样。"说完学生们"哗"地笑了起来，我也会心地笑了，说："孩子们，你们真会观察呀，老师肯定遇到他最快乐最幸福的事了，支持他吧！"学生们像小鸟一样快乐地散开了。

从此，我俩的恋爱关系在学校正式公开，在学生们中也不再是秘密。为了回报最初一直关心我们的人，我们请了一位热心的同事做媒人。正式举行婚礼是参加工作后第二年的国庆节，我提前给学生发放了喜糖，谁知贺卡像雪片一样飞向我们的办公室。举行婚礼那天，学校所有的领导和老师都来了，当初为我们的事争执的两位领导竟然争着当我们的媒人了，一个说："我才是真正的媒人。"一个说："不管怎么说，我是他们的总媒人。"大家你一言我一语，学校就像一个温馨和美的大家庭。在忙碌的人群中，我发现了一个小小的身影，他恭恭敬敬地走到我身边，甜甜地招呼我，还把他准备好的大红包塞在我的手里，然后转身就跑了。我记起了，他就是那天在走廊上和我对话的学生——沈力。十年后，他成了一名优秀的军官，也是我最牵挂的一名学生。前不久，他风尘仆仆地从西藏某军区赶回来，特地邀请我们全家在"八一建军节"时参加他的婚礼，还要做他结婚的证婚人。我不禁想起孩提时他那颗纯洁的心，就像天上闪烁的星星，如今依然光照耀眼。如果说当年学生见证了我的幸福，多年后的今天，我愿为我的学生见证他的幸福和美好的未来。

现在，我早已是孩子的母亲，相夫教子是我的责任和义务。我的爸爸妈妈最欣慰的是，他们看到当初单纯可爱的女儿已经不是一株温室里的花了，而像一棵朴实馨香的开花树，正在人生的道路上成长成熟，拥有自己平凡而真实的幸福生活。

见证

当第10个教师节来临时,我刚刚参加工作,一晃20年已悄悄过去。今年已是第30个教师节了,我仍在教师的岗位上干得津津有味,有些让人刮目相看了。其实,我看到跟我一样的好多同龄人的确已改行,但我却自始至终地坚持了下来,究竟是什么原因让我如此坚定不移地乐意一生就做一件事情呢?是榜样的力量?是父母的夙愿?是教师职业的崇高?我要说都是,但更重要的是感恩,是回报,是信念。

我感恩学生给我生的希望。那是刚参加工作的第二年,我成家了,肚里的孩子才三个月,可就在学校门口那条公路上,我遭遇了一场车祸。一辆大卡车径直向我冲来,我来不及躲闪,就被大车抛出去几米远,我在空中划过一道抛物线后沉沉地落在公路中间,大卡车原本立即就应该刹住的,可拾万中学刚参加了中考体育测试的学生们发现卡车还在动,还在动……孩子们的喧哗声雷动,终于让司机刹住了车,半昏迷的我听得很清楚,我仿佛被弹簧固定在硬硬的石板上,早已不能动弹,又像被恶魔施了法,什么话也说不了,全身像触了电,一点力气都没有了。头部的鲜血染透了发根,公路上已有一大滩血迹,我的耳鼓全是人群忙碌的声音,其中孩子们的声音最清晰。我被一双有力的大手从卡车轮胎下抱出,上了一辆掉头的小轿车,车以最快的速度冲向当时的县人民医院,我因颠簸昏睡过去了,不知道什么时候醒过来的。当我睁眼看到的是眼睛红肿的父母,一片洁白的世界,这么大了,我还是第一次住院。医生把我的伤口洗了,伤口周围的头发剃了,包扎好,当医生得知我是一个孕妇时,惊讶得睁大了双眼。很快我的检查单就是一大摞,亲人最关心的是我肚里的孩子,B超检查孩子正常。由于受到很大的惊吓,亲人们都担心以后对孩子成长不利,都建议把孩子打掉,让我慎重作好选择,可我坚决不答应,我想人家已是三个月大的生命,只要他还好好的,我就不能人为置他于死地。就这样我逆着亲人的意愿独自坚持了下来,亲人第一次见证了我的倔强,也让他们最终见证了我的坚持没有错,一个可爱的健全的小家伙呱呱坠地了。出人意料的是,孩子出生时竟意外地遭遇了伤痛,幸好在他幼小的年龄里,还没有痛的记忆,总算母子平安吧。后来我才知道,我的头离车轮不足一尺,如果没有拾万中学的那一群可爱的孩子相助,我会是怎样的结果呢?简直不敢想象。这就是我执意在教育战线上坚持的理由。孩子的成长见证了我们年轻时生活的波折,见证了我们无悔的青春年华。我想人生不都是一帆风顺的,也许一个人经历了坎坷和不幸,才会让自己拥有更平坦的人生旅途吧。

  我感恩学校给我成长的平台。我工作的前10年,都是默默无闻的一名语文老师,我深深地热爱自己的专业,热爱自己的学生,我就像个知心大姐姐,在教给孩子们知识的同时,也为孩子们排忧解难,孩子们成长的同时也见证了我这位年轻教师的成长。后10年因为有了前10年的积累,我对自己的工作更加得心应手,我就这样心无旁骛地继续坚持着,一年又一年,过着清贫的日子而无悔。我曾戏说,我家什么最多呢?当然是书和获奖证书了,如果一枚获奖证书值一万元,我也是百万富翁啦!20年弹指一挥间,第30个教师节即将来临,学校要推荐几名优秀教师的材料,得到通知后,我一口气就弄出了近5000字的东西来,仔细一看,句句是实话,条条是实情。这是我辛勤耕耘20载的成果见证,也是我的成长记录史,我无悔自己20年如一日的讲台生涯，哪怕是青丝早已染成了白发，我仍发自内心地感恩学校，感恩领导为我提供成长的平台。为此，我怎么能获得了一项项荣誉就不求上进了呢？我又怎能在自己美好的年华时就学会逃避放弃呢？我要让我的孩子见证我的成功，让我的学生见证我的进步，让我的同事见证我的成熟，让我的亲人见证我的奇迹。

我感恩家人对我的包容和理解。我能在教书育人方面取得可喜的成绩，这与家人的关心和支持分不开。我的妈妈自孩子出生时就跟着我，一是带孩子，二是照顾家务，跟我教书一样，兢兢业业，勤勤恳恳。孩子18岁了，她就跟着我、帮助我劳作18年了，所不同的是，她没有获得一张荣誉证书，看到我的成长她也常感欣慰。一次，我捧着一张"好媳妇"的奖励给妈妈看，她抿抿嘴，笑了，我赶紧说："都是老妈的功劳啊！我在单位勤快，在家里就懒了，如果老妈来给我评个奖，是不是该评个'懒媳妇'奖了呢？"老妈开心极了，竟笑得合不拢嘴。说我一天到晚忙，我家老公可忙得更离谱，一周三个晚上必须到学校上自习，加上行政值班每周一晚必须留宿学校，周末也很少休息。这样高强度的工作，如果家里没有一个老人照料，将是怎样的一种生活状态啊。所幸的是，老妈把我的孩子带大，也把丈夫家里两兄弟的孩子都带大了，小的上小学，大的已上大学了，这可是老妈最骄人的成绩了，年轻时苦日子熬出头了，现在儿孙满堂，在我家里过着儿孙绕膝的快乐生活。

除了记忆能见证我们走过的风风雨雨，还有时间，时间最能见证我们曾经也年轻过，辉煌过；再就是一起成长的人，包括亲人、同事、朋友，是他们为我们一路分担风雨，一路分享阳光。让我们自信地走在人生的大道上，一步一个脚印地前行，见证前人，也让后人见证我们。

有趣的师生运动会

一年一度的春季运动会又要开幕了,老师期待着,学生也期待着。

多么有趣的师生运动会,全校教师全员参与,学生公正裁判,水平有高低,但奖励人人都有份。所不同的是,积分多能为自己专业部的考核多挣得成绩,在期末各部总评高低优劣见分晓。

学校开展这样的活动可谓一举多得,首先是锻炼身体,丰富教师教书育人的生活;其次是锻炼学生能力,增进师生感情,增强学校凝聚力;三是充分利用好塑胶运动场,发挥其应有的作用,树立全民运动意识,增强师生体质。

学生运动会每学期举行一次。在开幕式上还要举行隆重的仪式,一台精彩的文艺节目,让学生感受到浓浓的文化氛围。运动项目多是传统的体操比赛、田径、球类、跳绳、拔河等,赛场真是人头攒动,热闹非凡,欢呼声、进行曲此起彼伏,把整个赛场笼罩在欢腾而热烈的氛围里。这种气氛一直要延续三到五天,作为中职学校的学生,精力都比较过剩,这为他们找到了很好的调整心态的契机。尽管活动中,教师是最累的,但对学生有益,老师怎能不殷切地期待着呢?

教师运动会每年举行一回。记得没有新建运动场的时候,大伙就在学校后操场自娱自乐一两个小时就结束了,以此庆祝每年的元旦节。有了新运动场后,运动也正规化了。这次运动改变了以前人人参与,吃大锅饭的形式。学校差不多在一个月前就对学生裁判进行培训了,然后是各专业部精心挑选运动员,长跑、跳绳和踢毽子需要筛选运动员,短跑400米接力、赶猪和保龄球仍保留全员参与。所不同的是，教师运动会分散举行，多安排在下午三四节活动课，以不影响学生学习时间为度。

在教师运动会上，虽然他们不是一个个英姿飒爽的运动健将，但一样的定能看到一张张开心舒心的笑脸。那正在赶猪的老师，在赛场上跑得欢呢，拿着一根棒子，手舞足蹈的，赶的什么猪呢？原来是一个瘪了气的篮球，以赶的时间为准，还要按要求过中点，再回到起点结束……裁判可认真了，平时都是学生听老师的，这回老师可不能不听学生的了，为人师表，身正为范嘛，学生是知道的；在乒乓板托乒乓球的运动中，有老师犯规了，要求教师在托乒乓球的过程中乒乓不能着地，可以让乒乓球在空中运动，也可平衡在板上，掉一次就按规定扣分。有位老师拿来双面胶，偷偷地粘在乒乓板上，把乒乓球放在上面，中途竟没有掉下来，被学生裁判当场抓住，取消得分资格，全场"轰"地爆发出燃放礼花般的笑声。

这是学生当裁判最得意的一招，没有谁愿意被当场抓住，培训了的裁判就是不一样呢。比较有意思的还有保龄球，10个半罐水的矿泉水瓶子，摆成一个三角形，手举一实心球从20米远的地方瞄准后掷过去，每人投掷5次，打倒瓶子的个数就是得分数，一次最多的打倒八九个，少的0个也有。这时学生不只是裁判，还要为老师捡球数球并做好安全保障工作。别看平时一个个学生淘气贪玩的样子，在正式场合一样会表现得很出色，也许有的学生还跟老师记着一个不是，有的老师对某个学生还有成见，在活动中都彼此烟消云散，心与心走得更近了，理解多了，感动多了，感恩自然来了，教师还担心教不好学生吗？

多么有趣的师生运动会，让老师和学生拉近了距离。不论是学生运动会还是教师运动会，学校就像过节一样，有时正好碰上节日，节日的气氛就更浓了，学校张灯结彩，喜气洋洋，热热闹闹，让师生备感校园即家园的和谐温馨。

在职教,做一棵开花的树

梦想最初是一粒种子,接着是一棵弱弱的苗,后来是一株经历风雨的小树,再后来梦想是一棵开花的树。

2017年,是我参加工作的第24个年头,也是我在职教坚守的第24个年头。回想大学毕业时,我就是一粒怀揣梦想的种子,冥冥之中,我欣然选择了职教这片土地,在当时的大足职业高级中学落地生根了。

大学刚毕业的我,个头娇小,表面文弱。领导并不看好我的工作能力,自然把我安排到了当时很不起眼的几个职高班上课。可我一进校就爱上了这份工作,对建筑班和财会班的语文教学工作,勤勤恳恳,一丝不苟。不论早自习,还是晚自习,都耐心地指导学生学习,我很快成为了学生的良师益友。正当我沉浸在教中职学生的快乐时,领导却一声令下,把我调到了初中部负责两个班语文课和一个班的班主任工作,一种无形的压力向我袭来!这缘于一位有经验的老教师生病而不能再担任班主任。学校为了物色这个班的班主任,费尽了心思。那年刚分出来5位年轻教师,据说领导们每天都在暗中考察新老师的工作能力和态度,后来学校宁愿换初中语文老师,也要把我从高中换下来当班主任。这可不是一个随随便便的担子!紧张的教学和学生管理工作,竟让我失眠了半个月。步行回家只需6分钟,我也选择在学校吃住了,周末才回家,目的就是100%管好这个班,全心全意地完成领导交给的任务。适应新的岗位后,我发现最初认为艰难的工作都变得容易了,我再次成为了学生的良师益友。一次,我到寝室检查学生就寝,与学生交流后回宿舍时，竟发现宿舍管理员把女生大门反锁了，我没有电话联系，也没有叫守门阿姨，望着外面只隔一堵围墙的单身宿舍，我没有气恼，也没有埋怨，而是毫不犹豫地返回到孩子们的寝室，与孩子们快乐地留宿了一晚。那一晚，尽管我失眠了，但我听到了孩子们最美最知心的话语。一个个稚嫩的女孩在我心中更加可爱了。周末，我带孩子们去野炊，去缙云山游览，去渣滓洞、去邱少云纪念馆接受革命教育，去家乡宝顶山了解石刻文化……孩子们成了我工作和生活的不竭动力。我就这样一届一届乐此不疲地站在讲台上，无怨无悔地弹唱着自己最喜爱的乐曲——语文之歌。

几十年如一日，随光阴成长，在大足职教中心的殿堂，我习惯了奔跑，习惯了仰望天空，哪怕风雨兼程，从未对自己的选择后悔。这一路走来，我不知疲倦地吸取职教的阳光和雨露，早已从一棵小树苗成长为一棵开花的树。我走过了种子在土地里孕育的顽强，走过了小树苗在风雨中长大的煎熬，走过了一棵开花的树在绽放前最凄美的孤独……终于，我在职教的土壤里绽放了，淡淡的芳香毫不惊艳。我知道，在职教的天空下，在职教的土壤里，我不过是千千万万平凡的开花的树中的一棵，我的价值在于——我要让更多的树和我一起绽放，让淡淡的花香沁人心脾，飘得更广，更远……

也许有一天，这棵开花的树会遵循自然而不知不觉地老去。从此，树没有了美丽的花朵，树也消逝了诱人的芳香，只剩下一片浓密的绿荫，但它仍然是一棵职教的树，一棵曾在职教开花的树。换一种生命的姿态，恰似默默诠释曾经追梦的精彩。

梦想有时很遥远，有时又很切近。24年了，我执念坚守职教，在这片神奇的土壤乐于奉献，心甘情愿，自信地做着一棵开花的树之梦。

父亲的菜园

父亲的菜园不是网络虚拟的菜园,是实实在在的生活中的菜园,他没有现代化的培养技术,就凭多年的种菜经验,几十年如一日,把菜园打造得生机勃勃,一片葱绿。

春天来了,果木冒着芽苞,白的、红的、粉的,各种花竞相开放,在老屋的房前屋后,成了一道道风景线。远远看去,那深绿色的一片,是走过冬日来到春天的甜菜,没有一根杂草,没有一片残损的叶子;那齐刷刷的蒜苗,你不让我,我不让你,在黑土地里排队成行。也许,会有人问,这是不是曾在温室里养着的呢?是呀,雨露、春阳营造了天然的温床。原来没有用催肥素,没有喷农药水,偶有人畜粪肥滋润,便能自然生长,一季两季……土地从没有闲置着。特别是每年的大白菜,又大又白,几块地连在一起,成熟季节,远远看去,就像绿海洋里涌起的白色波涛。

对于菜园来说,春天既是收获的季节也是播种的季节。甜菜、花白菜、豌豆尖、蒜苗……父亲每天一担,往街上挑,或零售或批发。我很少看到父亲挑着沉沉的担子出门,但我常常看到父亲面带微笑地挑着空担子回家。还没等我们问,父亲就一个人说开了,今天甜菜多少钱一斤,花菜街上如何多,还是豌豆尖好卖……这时,我们总是让父亲歇着,给他端出热腾腾的米饭,快十点了,吃的还是早餐呢。春季,菜园里的空土,多是种了莴苣后留下的,很快就在父亲的辛勤劳作下,变成了一块块蓬松肥沃的土壤。春天,父亲不是主要种菜,而是撒播菜苗，什么木耳菜、苋菜、小白菜，名目挺多的。温度较低时，也可看见白色的棚子，一个月后，待生长到5寸左右，就开始上市了，供不应求，价钱也不错。

最难忘的是夏末撒播大白菜种，在每年夏秋季上市时，父亲要向上千户老百姓零售白菜苗，这可是父亲几十年的经验了，人称"何氏大白菜"。每年几万棵白菜苗供不应求，有的农民乘车跑好远的路来购苗，遇到亲戚朋友，父亲总是送上一大把，免费带回去栽种。有一年，遇到特大干旱，一天天看着土地变干，一颗颗白菜苗变瘦了变蔫了，父亲心急如焚，为了挽救白菜苗，父亲竟从大老远的鱼塘挑水来挽救菜苗，菜苗尽管干瘦一点，竟躲过了酷暑难当的干旱天气。来家里买白菜苗的老百姓，手捧一颗颗经历干旱煎熬的白菜苗，像心肝宝贝一样。父亲那年虽辛苦，但白菜苗的价格竟比往年翻了一番。不久，父亲看着满园子并不逊色的大白菜，心里比喝了蜜还甜。

工作之余，我尤喜回到老家，在父亲的菜园里走走看看，有时还动手为蔬菜除除草、施施肥、抬抬虫，比虚拟的菜园有意思多了。尽管老爸没有种出那样神速生长的蔬菜瓜果，但我能真切地感受到菜园的生机和活力，每每沉醉在蔬菜生长的快乐里，品尝着蔬菜的清香和美味，觉得日子都是绿色芳香的。

今年春天，又是一个忙碌的季节了，父亲整理好收获过的菜地，准备撒播菜种了。立春后，随着天气渐渐变暖，竟没有下一场透雨，老爸心里忐忑不安，甚至有点忧心忡忡了，他在担心他的菜园，担心菜园里的一草一木！我的眼前仿佛又出现了老爸挑着水一步一步地走向菜地……浇的是水，这哪里是水呢，分明就是老爸的心血！

姑妈

姑妈是老爸唯一的妹妹,整整大我20岁,她几十年如一日,兢兢业业地教书育人,是我学习的榜样。

20多年前,姑妈能从农村考上师范学校,那是多么不容易的事情。听奶奶说,姑妈从小天资聪颖,刻苦学习,最后终于考上了县师范,一个村子就只有她一个人考上。在师范学习三年后,被分配到一个偏远的镇里教小学,成了一名光荣的令人羡慕的人民教师。还在上小学的我,很羡慕姑妈。那时,我就暗暗发誓,我一定要好好读书,长大后也要像姑妈那样成为一名教师。

虽说姑妈是一位让人羡慕更让人尊敬的人民教师,但那时学校的条件却十分艰苦。我清晰地记得,那时交通极为不便,每次暑假去姑妈那里玩时,总要步行一程又一程,还要翻一座很高的山,转过一弯又一弯,才依稀看到街上的房子。第一次来到姑妈工作的学校,我的心被勒得紧紧的,这哪里像一所学校呢?简直就是一个乡院子。可她的住处更是简陋,仅一间人们说的老古董穿斗房子,煮饭、睡觉、办公都在那样一间大屋子里。

也许是这样的条件和环境,决定了姑妈在此安家落户了。男朋友是一名优秀的志愿军人,两地鸿雁传书也为姑妈的爱情增添了浪漫色彩。结婚后的第一年暑假,姑妈就去了姑爷当兵的北京市,那可是一个神圣的地方,我国的首都,还可以看到毛主席和天安门。小学二年级的我怀着崇敬的心情给去北京的姑妈写了一封信,成为了我童年的骄傲。

尽管这样,姑妈还是一心扑在事业上,很快成为了镇里和县里的优秀教师,区教办要求她调到离县城较近的一所中心小学任教,姑妈婉言谢绝了。在我上初中时,姑妈才成为了一名孩子的母亲,那时我姑爷已转业回乡,偏偏安置工作时不在同乡,这又加大了孩子的抚养难度,致使可爱的表妹满月后就由外婆抚养。姑妈姑爷平时上班,只有在周末或寒暑假时才能见到孩子,一家人才热热闹闹相聚在一起。表妹在我家待到上小学的年龄就回到姑妈身边了,所幸的是姑爷也从外镇调回到姑妈所在的镇工作,一家人终于团圆了。

那时,偶尔有了一班公共汽车,我和弟弟仍坚持每个暑假去姑妈家玩,后来姑妈工作的学校成为了县里有名的希望小学,姑妈的住处由乡院子变成了楼房套间。到后来姑爷工作的镇煤坪,是一个当今堪称别墅的住宅房,一个大大的园子,可谓:蔬菜花果样样有,琴棋书画门门通。有了一群孩子,这里比鲁迅笔下的"百草园"还有趣呢,为蔬菜除草施肥,还捉毛毛虫,西瓜成熟了,摘瓜、背瓜、卖瓜,因为有孩子和园子,煤坪总是充满着欢声笑语,回荡着不老的歌……

也许姑妈是我最崇敬的人,自然是我学习的榜样,在我的心中早已起到了潜移默化的影响。我初中毕业后就以优异的成绩考上高中,高中毕业后我首选了师范学院。几年后,我从师范学校毕业后如愿以偿地在县里一所直属中学任教,也像姑妈那样做了一名光荣的人民教师。从此,我没有时间再去姑妈工作的地方了。参加工作的第二年,表妹上初中,竟成了我的学生。现在,表妹可是我们一大家人的骄傲,在市里一家著名的医院做了一位尊敬的白衣天使——儿科医师。

如今姑妈已经退休,早已离开了她曾经工作20余年的那个闭塞的小镇,在县城安了家。但她仍挂念她的同事和学校的孩子们,常常像回老家一样，回到学校走走、看看。当她看着学校里那些稚气未脱的孩子们，她总是微笑着，主动招呼孩子们，仿佛她依然是在校的教师；当她听到学生们朗朗的读书声时，她总会驻足聆听，还情不自禁地跟着诵起来，仿佛让她回到了当年的课堂；当她听说她曾教过的学生，如今又成为某某学校的教师时，她总是笑得合不拢嘴，逢人就夸她（他）真有出息……

仿佛学校才是她心灵的栖息地，教书育人才是她无悔的人生！

第四辑　足迹

好多年过去了，我也从乡下走到了城里。没想到，在搬入新家的第一个初夏，最早听到的天籁之音，竟是美妙的蛙声。这位歌手从那晚开始歌唱以来，不论刮风下雨，不论有月无月的夜晚，似乎从没有停止过歌唱。也许开始它还很稚嫩，不够成熟，不够大胆，渐渐地声音嘹亮起来，总是在夜深人静的时候，开始练声。就像我们唱红歌时，常常有一位歌喉优美的演员领唱，起初是独唱，接下来是伴唱，刹那间，便是"听取蛙声一片"的美妙境界……

古镇感怀

古镇犹如一幅不朽的画卷，始终牵动着热爱祖国历史文化的人们。

如今，物质生活所给予人们的需求可谓应有尽有，于是形形色色的人们对物质的东西情有独钟便无可厚非。当厌倦了单调的日子，过腻了浮华的生活，身疲了，心累了，最想做什么呢？也许是运动、劳动、旅游……我喜欢旅游，喜欢去当地或外地的古镇，寻访先人的足迹和文化，找寻身心的惬意和灵魂的皈依处，从而感悟人生，踌躇满志，不断地踏上新的人生征程。这些年，我去的古镇很多，在我记忆中留下深刻印象的却是周庄和李庄。

久负盛名的江南古镇周庄，作为华东五市旅游的一个景点被隆重推出，在我眼里却是陌生的。旅游车行驶在柏油路面上，走过一条现代化的商业气息浓郁的大街，穿行过无数条巷子，便置身在周庄了。矮矮的屋檐，屋檐下是出入的窄窄的通道，通道下面是仅有几米宽的河沟，每家每户门前的水面上都停泊着一只小木船，上有梯坎下到水边，水清澈见底，有的地方还能听到汩汩的水流声。

由于旅游的元素的侵占，这里厚重的乡村气息、文化氛围都已躲藏到古老的虚掩的门里了，小巷被挤得水泄不通，人们大多关注的是这里与外界高楼大厦不同的表象，有多少人在真正关注古镇周庄的内核呢？那显赫的，与众不同的张厅和沈厅，让人一下子捕捉到了明朝江南的繁华，政治、商业和文化的兴盛，当年的历史和文化全都浓缩在这两颗璀璨的明珠上了。历史是厚重的、大气的，也是沧桑和无情的，走在富贵人家的院落里,仿佛还能触摸到主人思想的深邃和棱角,感受主人创业的心酸和得志的荣光,一切都是过眼烟云,一切都如历史般凝重。这时,我的心不会空空如也,尽情品味主人储满的酸甜苦辣,直到流连忘返。

万里长江第一古镇李庄,位于四川宜宾。由于这个古镇在长江边上,增添了我的兴趣,去了之后,才发现这个古镇的文化氛围真的很浓厚,值得观摩,值得玩味。这是一个纯粹的古镇,没有拥挤不堪的游人,没有浓重的商业气息,长江边上有利的地势给古镇平添了几分诗情画意。白天走在绿树成荫的小道呼吸着小镇现代的气息;夜晚坐在江边聆听航船的汽笛,感受小镇的古典韵味,古镇的码头文化气息扑面而来。这里无疑是一个商品交换的集散地,李家大院的主人一定是这个码头的掌门人,每天早晨他都要习惯性地站在自己高高的大门口,眺望从上而下或逆流而来的船只,看看是不是自己最熟悉的那一艘航船即将靠岸。在这个陈陈相因的大院里不知接待过多少商贾巨儒,接洽过多少黎民百姓,那"李家大院"的门楣因一代代传下来,也因终年面对滔滔的长江大河,变得苍劲有力,沧桑雄浑,唯有金色不褪,亭台楼榭,镂空窗花古朴生辉,映入人的眼底始终是原汁原味的。

这个古镇从上到下都充满了灵气,不单是长年累月地面对长江,不单是丰富厚重的抗战文化,更还有中国著名的建筑大师林徽因夫妇在此生活的六年,为后世留下了宝贵的精神遗产。缅怀大师,心有戚戚,在抗战最艰苦的年月,林徽因女士及一家人就生活在离李庄一公里外的农家小院里。门前那株高大挺拔的芭蕉树,还昭示着这个小院仍然生机无限,门框上的那副对联显现主人的才华和思想境界。油漆的深黑色的门和柱子,还有墙壁,是过去比较坚固的穿斗房子,屋里除了一张床,几张类似书桌的板凳和椅子,几乎没留下任何可以观瞻的实物了，墙上的画框是后来挂上去的，足以了解这两位建筑师的曲折经历和不朽业绩。

那晚，我们先在临江的客栈饮酒夜宵，随后步行在白天去过的古镇小巷，朦胧灰黄的灯光，把人影拉得老长老长的，幽幽的小巷在夜里恍然有一种复原的感觉。这里劳累了一天的人们，就像归巢的倦鸟，大门早已紧闭，只有门前挂着的灯笼发出微弱的红光。相机的"咔咔"声打破了小巷的宁静，说话声、脚步声让夜晚的小巷变得空灵悠远，我们的心灵也被这种气氛包裹着，远离尘嚣，尽享夜的恩赐、古镇的神奇。

虽然，周庄和李庄给我留下了最深的记忆，但我所到之处的古镇，无疑都为我们人类留下了宝贵的精神财富。在我生命的行程里，还有更多的古镇等着我去造访，我深深地感到：行走在古镇，犹如行走在历史长河的书页，我们都能饶有兴趣地打开这本神奇而美妙的大书，并深深地爱上这本大书。

总是难忘沉淀在古镇历史文化中的那些或缠绵或悲壮的故事，那些或伟大或平凡的人们。

来自生命的跫音

一

她的站姿和手势,在我眼里定格成一个特写,在我心里像孩子的奶奶,像我那精神饱满的母亲。

我是第一次听张老师的课,来自中国科学院心理研究所小学教育研究中心的她,还有一大堆的头衔和业绩,我已记不清主持人的介绍。有一点我尤为感动,她,张梅玲,已是一位七十三岁的老人。以前常听说教育专家于漪八十多岁了,仍精神饱满,全国各地讲学,我想在中国教育的讲坛上,不知有多少这样饱经风霜的老人。他们对自己从事的教育事业怀着拳拳之心,对教育教学工作者怀着殷殷希望。这位老人千里迢迢从北京"飞"到重庆,在杨家坪中学整整讲学一天,为重庆教育"实施有效课堂教学"献计献策,奉献她的心血和智慧,我不禁肃然起敬。

这样一位老人讲课,也许你难以想像,整整一天,她声情并茂地站着为大家授课,以讲座及演讲的形式展现给全市一千多名教育工作者和教师。她的面容和蔼可亲,话语亲切生动,姿态自然大方。一位地地道道的儿童心理教育专家,怀着一颗深切的童心,对教育的挚爱,对孩子的疼爱,没有丝毫的高深莫测,没有半点的晦涩难懂。大家都熟悉的教育理念,教学方式,经过她的诠释和领悟,便有了更为系统的接受和掌握,更为科学的指导和强化。她的讲座就像一阵春风,随着她那不断变化的手势,缓缓地拂过每个人的心灵和脸庞,记忆将不会抹去每个人心中留存的她的站姿,她的手势,还有那可掬的笑容。我曾听魏书生老师的讲座,他也是站着授课,连续讲三个小时可以保持一个姿势,连身子都不随便侧一下。不用有说他所讲的内容有多精彩,就这一个姿势足以让所有的听课者肃然起敬,为之拍手叫好。也许这就是专家与众不同的地方吧。试想想,张老师和魏老师,他们首先是教师,再后来才是教育专家,他们的站姿,就是示范,就是精神,他们是在践行一位教师最基本的职场准则。也许眼前的张老师几十年如一日地保持着这个可爱的姿势,从容而稳健地向前行走,不断地启迪学生的智慧,直到走进每个学生的心灵。

一位老人,作为教育专家,行走在教育前线,她坦诚地说:"我是姥姥,是母亲,是教师。人生只追求'平平常常才是真,实实在在才是美,本本分分心无愧,潇潇洒洒活一回。'"多么朴实的语言,让我看到了一位教师,一位教育工作者,一位教育专家朴素明朗的人生价值观,热爱生活,珍爱生命的积极心态。

二

来自北京师范大学学前教育部的教授钱志亮先生,据称是跟于丹一样难以请来讲学的专家。为什么能来重庆讲学,他还讲了一点自己的渊源,原来妻子是重庆人,显然自己就是重庆的女婿了,加上有老朋友也在重庆,脱不了情,不来都不行呢。他没想到自己面临的是1000余人这样的一个大课堂,看得出他还是很机智,很善变,最终让他的课堂与众不同。

钱教授讲课就像说评书,语言面貌特好,标准的北京普通话口音,纯正而浓郁，加上他善变，你可以想象课堂上，他的声音的魅力。有时声音就像一个玩蹦极的孩子，由低到高，又由高到低，很有弹性，把大家的目光和精力吸引过来，让听课的老师始终保持亢奋状态，甚至打瞌睡的机会都没有。这是他为重庆教育"实施有效课堂教学"的献礼，现场理论的说教，不如实际的操作，干脆就做给大家看看。课堂怎样有效，师生怎样互动，效果怎样，甚至老师与学生互动的距离、姿势、声调高低他都做了很好的示范。在偌大一个体育馆里，他从讲坛上走下来，走到学生中间，哪怕是站台上的学生，他也提出问题与学生亲切交流。这堂课，我看到他把整个体育馆走了一圈，与几十个学员面对面的精彩交流，很有代表性，这是他的特色，也是他与众不同之处。

　　他的讲座《回到原点看人》，讲了几个古老的问题，即人是什么？人从何处来，表面看与我们的教育有什么直接的关系呢？如果有效的教育，成功的教育，也需要追根穷源的话，研究人本身，也不失为一条高瞻远瞩的途径。钱教授认为人是有理性精神世界的高级灵长类动物。在这个问题上，我认为钱教授是从人的生理属性、社会属性和人文属性几个方面来阐述自己的观点的。人与遗传关系密切，与所处的环境和教育密切，还与人的主观能动性、精神品质密切。这就像一条大河的源头，人生几十年都要滔滔不绝地奔流向前，要流向终极目标大海，水质好坏与否，中途堆积与否，下游枯竭与否，都不可或缺"为有源头活水来"，人生的大河才会充满生机和灵气，才能最终流向终极目标：大海。为此，这是一个漫长复杂而艰辛的过程。投影到我们当今的教育，对人的培养将是一个系统工程。教师就是学生这条人生大河源头的水土流失保护者，是这条大河中泥沙堆积的清淤者，是这条大河最终流向大海无悔的见证者。人来之不易，人是万物之灵，一个教育者，不能随随便便轻视自己的职业，更不能轻慢每一个接受教育的人本身。

　　教师就是示范，教师就是引领。钱教授以其诙谐幽默的谈吐，以其广博的学识和自身的人格魅力，为教师们传授的不仅仅是他的思想，他的智慧，更重要的是作为教师，我们应该怎样实现与学生的有效沟通和互动。教师要让课堂活起来，动起来，心与心交流，灵魂与灵魂沟通，思想与思想碰撞，把教书育人当作一件乐事，真正实现教学相长。

新年的第一次感动

新年伊始,快递特别多。有时来得一点不是时候。元旦节假日,我在万古老家度假,接到一个陌生的电话,以为是久违的朋友换号码了,来了个新年电话问候。一接通,才知道是送快递的邮递员叫我取快递。我的天,一个在大足我所在的单位门口打电话,一个在70公里以外的万古街上接听电话,顿时感觉有点风马牛不相及。我当即表示:"很抱歉,先生,我在假日期间无法领取快递,请在假日后4日上午送到单位吧,谢谢你!"邮递员小伙态度不错,竟爽快地答应了。

元旦假后,4日正常上课了,尽管是周日,但在我这儿领取生活费的那名学生特别守时,刚下了第一节课就到我办公室来取新一周学习的生活费了。我拿出钱包,才发现早晨出门时竟忘了放更多的零花钱在包里,这时,只好把仅有的100元钱给了学生。我想乘车也有卡,吃饭也有卡,今天包里就缺回钱吧!早已把邮递员送快递要我给快递费的事情,忘到九霄云外了。

课堂上,那是戴望舒的一首忧伤的朦胧诗《雨巷》,我正在给我的学生鉴赏诗歌的意象"油纸伞""丁香姑娘""我",诗人在悠长、寂寥、冷清的雨巷,怎样的徘徊、惆怅……一幅阴沉、寂寥、凄冷的画面跟冬天的雾霾天气极其相似,尽管室外的温度已低到5摄氏度,但并没有影响到教室里46位同学的学习热情,大家你一言我一语,争先恐后地来描绘"我"所遇的美丽高洁的"丁香姑娘"——正在师生交流兴致高时,一曲那英的《春暖花开》在教室里响起,大家的眼神都盯着我那油菜花黄的坤包，我才醒悟是我的电话响了，我没有停下来授课，边讲边把手机摁了，不到一分钟电话铃声又响起来了，不少学生在下边说："老师，接听吧，接听吧！"上课我从不接听电话，这可是要求啊，自觉遵守吧！为了不影响上课，我立即把电话递给班长让他到外面接听，有紧急事情好告知。此时离下课时间还有7分钟，我已经圆满完成了本堂课的教学任务，剩下的时间刚好让同学们齐诵一遍诗歌。班长接听了电话进教室告诉我说："老师，校门口快递，准备13元哦。"在最后两分钟里，我做出了一个决定，我说："哪位同学身上有13块钱？"只见举手的一大片，我找了最后那位戴着眼镜的文质彬彬的同学，让他来到讲台前，吩咐他去校门口为我取回快递，钱先垫着，老师下午就还。

　　几分钟后，快递就拿回来了，原来是学校三位老师发表论文的样书，厚厚的一大袋子，我没有询问究竟付了多少邮资，一声"谢谢"就先让学生上课去了。以前凡是样书寄到我这里都是我为老师们付的邮资，似乎习惯了帮助他人不求回报。看来今天学生垫付了邮资，我有理由收取老师们的邮寄费。我误以为是13元，三本书每本就收取5元吧，2元就奖励给积极为老师做事情的那位同学。以前让老师们来拿论文样书，都不好意思收取几块钱的邮资，可这次怎么就理直气壮地说得出口了呢？莫非是包里真的缺钱了，还是学生垫付邮资给了我启发。其实，在下午课间时，我就被财务室叫去领了一笔钱，那是丈夫一年工资的20%，虽然要上交给家庭主男，但灵活开支一点儿，也是很正常的。有两位老师已经拿了书，邮资10元，恰逢有位老师上次报账时差我5元零钱，我说什么也不收，但老师领了书丢下钱就跑掉了。此时的我一共有15元零钱，另一位老师因有事迟迟未来领取，不着急。倒是我欠学生的钱答应下午还的，不能食言。在上完活动课后，我把学生叫到讲台上还钱，我递过去15元，学生说："老师，是23元。""哦，我把23元听成13元了，等会儿。"我挪用了家庭公款10元，总共25元。立即有两个学生提醒的声音，"23元哦！"他们担心老师拿多了，我说："多的就是老师的奖励，谢谢同学们！"

  这个叫余伟铭的学生是我在他去为我取快递时询问其他同学才知道名字的。在这个新组建的班里，尽管他的成绩平平，但能主动为老师做事情，懂得关心他人，作为中职学生来说，这比学习成绩优秀更为重要。那个送快递的邮递员也不错，在假日期间也不曾休息，一心想着为他人服好务，并能信守承诺，让顾客满意。

  新年的第一次感动，不是那些经过包装的耀眼的"人物"，而是生活中熟悉的、常见的平凡人。

大坪村的记忆

我所在的大坪村,过去,村很大,队很小;院子很大,住户很少。现在,村小了,合并了;院子小了,人口都哪儿去了?

记忆的村,就像一张张不褪色的底片,随时翻洗出来,都是泛黄的黑白老照片,让人沉浸在那悠远绵长的故事里,久久不肯回到现实中……

拾万镇大坪村,顾名思义是一块开阔的平地,一眼望去,视线极为开阔,没有山丘,亦没有明显的障碍物,远远近近居住着淳朴的人们,形成了一个个相对集中的生产队。从一排到十一,版图形状就像一个大大的鸭梨,从梨的头往下分成两半,左边是一至五队,右边是六至十一队,西北边是思南村,西南边是长虹村,往东是协丰村。我是大坪村六队的成员,老屋基被先人们称作龚家屋基。据家谱记载,康熙47年,大足境内的唐氏从湖南永州零陵迁来,零散分布在大足境内,因集体购置了龚家屋基的老房子住下来,现已经是十三代了。队里的住户清一色成为唐姓人家,排起字辈来"永思德义全,之礼崇先进",全是一个老祖宗的后代。孩提时,我所属的"之"字辈是最低的辈分,出门就是长辈,"嗲嗲""奶奶""叔叔""娘娘"……真是"曲"不离口,在一个同姓的院子里,尊老爱幼成为一种传统风尚。辈分高的可以呼之以"太太""祖祖",后来,留下的多是高龄的女性。

那是隔房嗲嗲家的母亲,排行第四,我辈都尊称她为"四祖祖",整整活了一百岁。在我的记忆里,她极喜欢到我家的小院来聊天,因为我的嗲嗲、奶奶的妈妈和她是妯娌，我的嗲嗲和奶奶就是她的亲侄儿侄媳。我骨子里害怕这样的老人到院子里来玩，一则我是最低的晚辈，二则她看不惯小孩子淘气，会板着脸骂人呢。虽然我从没有被她骂过，但看着她骂其他的孩子，我就感觉是在骂自己一样。于是特别小心谨慎，还要很有礼貌。见她来了，不是躲起来，而是上前很客气地招呼："四祖祖，请到屋里坐，我这就去叫嗲嗲奶奶！"只见她严肃地回应我一句："我是来找唐全应的！""哦，好的，我马上去叫我爸爸！"看到她脸上有了笑意，便忙着端板凳和倒茶。聊天就是她和我家长辈的事了，我常常远远地看着她和我的嗲嗲奶奶说话，和我行医的爸爸说话，她的脸色总是很难看，那些内容多是诉苦和抱怨，待了不到半小时，她就一个人独自去了，拄着一根棍子，少有的三寸金莲，裙摆式的天蓝色的布衣服，像一阵风似的旋出了我家小院。有时候过来的目的只有一个，不是找嗲嗲奶奶，而是找我爸爸给她开药方。只是见到我，从不说找我爸，都是对我爸爸直呼其名。耄耋之年的四祖祖，除了整天待在院子里看屋，哪儿都不能去了，但我家小院，她是每天必到的，如果哪天没有过来，我的嗲嗲奶奶就主动会去看她。四祖祖一百岁生日时，恰逢新千年2005年，因生活水平的提高，四祖祖的百岁生日成为大坪村的一大亮点。邻队的住户都来了，其他村里有住户知道的也络绎不绝地前来祝贺，电视台对老人及家人进行了采访，《大足日报》对老人的长寿秘诀进行了专题报道。寿宴设在村里六队的大院子里，足足坐了120桌。随后，在大坪村五队、七队相继出现百岁老人，2006年以来，大坪村被人们口传为拾万镇的"长寿村"。

六队跟对面的一二队毗邻，跟往下的七队是邻居。有事情需要帮忙，站在院子的院坝边上，就能把一二队的居民叫答应。八十年代初，院子的人丁很是兴旺，老人、小孩子、青壮年都在农村生活，看屋的看屋，种田的种田，念书的念书，几乎没有为生活贫乏而焦虑的。天热的夜里，一个院子的人在自家门前悠闲地乘凉，聊着农事和国家大事；周末了，公社电影大队下乡来放电影，村民不用出门，在自家院子里就能看到精彩的电影；平时一个季度的某一天，会有大队书记带着一行人了解民情，同时为老百姓免费发放肥皂、洗衣粉等日用品；在田间劳动，天热口渴了，花五毛钱就有卖冰棍儿的小商贩直接把冰棍儿送到手里；在家里，用自己的粮食就可以换来精致的碗碟……那时年轻人还没有想到出门挣钱的捷径，年长的为年轻的着想的仅仅是怎样把土坯房变成青砖瓦房，怎样把泥泞的土路变成石板路，怎样让平凡的日子增添几许亮色……只见隔壁七队离大坪村砖瓦厂近，一排排穿透房子逐渐被青砖瓦房代替，毗邻的六队、一队、二队、三队住户也在想，什么时候也让土坯房"变脸"呢？没有公路，只有一条泥泞的土路，砖瓦需要费用，运到家门口还需要力钱，怎么办呢？六队位置不错，有人建议把公路边的烧窑技术直接搬到大坪村六队来。幺叔是大坪村知名的砖瓦匠，父亲是村里人人皆知的赤脚医生，嗲嗲是老队长，或许这些原因吧，在大家都担心接纳这个新的烧窑技术时，我们家率先承担了下来，由七队的江师傅免费传授烧窑技术。到后来，我嗲嗲、爸爸、幺叔都懂得了烧窑技术，三队、二队也有了砖窑，有的队上没有砖窑，就借用邻队的砖窑烧砖瓦，改建老房子。那时候懂得这个技术的，一时成为大队熟知的"红人"。我家的老房子，在六队最先变成了青砖瓦房，院子里的穿透房子，邻队的土坯房子，不到三年都陆续变成了青砖瓦房，条件好的，还修了一楼一底的楼房。

砖窑需要煤炭，一车车的煤要从公路边运到队上的砖窑旁，除了人力，还有驮马，为了方便人力和驮马风雨无阻地运输燃料，大家想到了修路，把泥泞的土路修成石板路，出行就更方便了。哪儿的石板价格便宜？哪儿的石板经久耐用？大家商量决定用石门山的石板铺路，铺路的不是专门的工人，而是在家的劳动力，他们自觉参与铺路行动，不到十天，一条 500 米的石板路就铺好了。

90 年代初，改革开放的春风来了，年轻人开始陆陆续续外出打工挣钱。日子一天天好起来了。在村里，曾经的老木匠变成了室内装修工，曾经烧砖窑的嗲嗲、幺叔办起了"红房"家庭企业。西藏、云南、河南、河北、四川、重庆处处有村里人的足迹，他们在外挣了钱，衣锦还乡，造福家乡。有的修路，有的慈善捐赠，有的扶持弱小，成为村里知名的企业家，也成为小辈们学习的榜样。

由于拆区并镇，村里的行政规划也随之发生了变化。2007 年后，大坪村隶属于西南边的长虹村。村庄还是那个村庄，村依然很大，队很小，改为了组；院子很大，住户很少，人口渐少。不知什么时候，院子也小了，炊烟变得稀疏了，门前只剩下留守老人和小孩。

无论时光怎样飞奔流逝，在脑海里，我都不会轻易抹去曾经大坪村朴实无华的影像。

摘枇杷

初夏时节,正是枇杷成熟季节,满街可见用竹筐竹篮提着叫卖的人,他们尽情渲染着枇杷如何的甜,如何的爽口。在那些叫卖声周围,我看到了如金黄果实般朴实的笑脸,一如饱熟的杏的色彩,看着顾客手里捏着滚圆大个儿的枇杷,轻轻地将皮剥去,直把水汪汪的果肉往嘴里送,我不禁想到了老家的枇杷,也是成熟的时候了。

说起老家的枇杷,我实在是对不住它们,曾亲手种下了两株,之后便撒手不管了。几年后,枇杷树开花结果了,也不曾给枇杷树丝丝关怀,倒是枇杷成熟了,每年都品尝到了父亲为我们亲手摘下的枇杷。不只一两斤,有时竟有一大蛇皮袋。我总怀疑,两棵枇杷树怎会结那么多的果子呢?原来我在院角栽下两棵枇杷树的时候,父亲则在院子左侧的一块菜地里栽下了一片枇杷树。父亲是种蔬菜的"专家",很痴迷他的菜园子,没想到他能割舍一片菜地来种枇杷树,我似乎能体会到父亲对儿媳和孙子的厚爱。

那些枇杷树,父亲也没有太多的精力悉心照顾,偶尔施施肥,打打枝,几乎是让它们自由自在地生长的,不料都长得高大挺拔,枝繁叶茂,不像现在枇杷园里的枇杷树,很有造型,枝条旁逸斜出,几乎不往高处生长。摘枇杷时,老少皆宜,站在树边或树下就可随手采摘。我想,老家的枇杷树骨骼里绝不缺少钙质,因长得俊俏挺拔,果子成熟时,需要搭楼梯才能正常采摘。这可苦恼了年迈的父亲,可近些年,仍没有难倒父亲,他一样把成熟的果子顺利地采下来了,自己只品尝少数，更多的是让他的儿子儿媳和孙子品尝了。一年又一年，我似乎只知道老家枇杷的纯甜，却不曾感受摘枇杷收获的辛劳。

回到家里，父亲告诉我们道："今年要让你们亲自去摘枇杷了，因为以后就难吃上老家的枇杷了，明年这些树因为开发可能全都没有了，还是去体验一下摘老家枇杷的乐趣吧！"五一节后的这个周末，天公作美，艳阳高照，特别适宜户外活动。上午我们带着孩子去山坡上转了一圈，了解了坡上的蔬菜水果，看到当季的油菜籽成熟了，感到分外亲切；看到田里正在插秧的人们，感到特别熟悉；再看枇杷树上的果子黄澄澄的，十分惹眼，早已垂涎欲滴……我们只摘了几颗果子尝了尝鲜，决定下午带好工具专门来采摘枇杷。因阳光炽烈，我们等到下午约4点才出门，特地叫上了两个10岁左右的男孩子，一块前往摘枇杷。

我亲手栽种的那两棵枇杷树上的果子实在不敢恭维，零零散散有一些果子挂在枝头，一大半都还是青皮的，这次暂不考虑采摘任务。我们来到父亲栽种的那片枇杷林，站在高处往下一望，枇杷果子真不少，大家欣喜地从高处来到低处，亲近枇杷树。野草茂盛，能过半人，站在枇杷树下，只能仰望树上的枇杷子。孩子们很利索地爬上树欢快地摘起了果子，摘了一会，收获可观，因孩子个头小，手臂短，仍无法摘到高枝上的枇杷。梯子拿来了，我们开始一棵一棵地采摘并清理，有时小孩子上梯子去摘，有时大人上梯子去采，看着他们频繁上下，箩筐里的果子也越来越多。我多是捡拾草丛里的果子，或在树下稳稳地撑住梯子，保证上树摘果子的大人或小孩的安全。有了梯子，成熟的枇杷都被一一采摘下来了，眼看就是满满一大筐，劳动的人竟忘了辛苦，忘了品尝，忘了休息。在枇杷林里，撑梯子的撑梯子，摘果子的摘果子，掉在草丛中的果子，寻找的也认真地寻找，枇杷林里传出了不息的欢声笑语……

　　太阳下山了，几个小时一晃而过，我扛着沉沉的枇杷走出枇杷林时，不时地回望枇杷林，忽然觉得枇杷树消瘦了许多，愈见高枝挺拔了。我多想摘枇杷的日子继续伴着我的家人，伴着我的老屋，伴着一生以劳动为最大快乐的劳动者。我随手拿起一颗圆实的枇杷剥去皮儿，放在嘴里，一直甜到了我心里，甜了我关于童年的记忆，甜了我对老家深深的眷恋。

行走在春日暖阳里

春日阳光明媚，不出去走走，便觉得辜负了好韶光。原计划15日回万古老家，一直待到年初才回来。因丈夫家婆婆阴寿，要回家祭祀。事先择日须先回老家一趟，便撞上了春日暖阳，我不禁喜上眉梢。

踏上老家的土地，只见鲤鱼迎宾，街道喜庆，人车簇拥，店铺林立，年味扑面而来……但最吸引我的还是老家那片正在开发的土地。那些老房子、菜园、果树，春天来了，它们都还好吗？午饭后，我就匆匆往老院子赶了，我经过了邻居曾经热闹的老房子，偶有几堵孤零零的土墙立在那里，到处已是一片乱石砖头，工地上的工人已回家过年了，几处板房已空无一人，除了工棚，最醒目的就是售房中心——"万古印象"，一看就是套用"大足印象"。我不禁笑了，在这样一个小镇，也有如此抢眼的时尚元素！我想在不久的将来，老家所在的万兴社区将被美丽的"万古印象"代替，这里也会因为开发，让原本老旧的村子不再土气，不再灰暗，不再落后，而是变得面貌全新，风姿绰约，魅力四射，文明进步。

是啊，时代的变迁、城镇化的推进、万古工业区的发展、四通八达的交通枢纽都将改变原有的一切，包括人们陈旧的观念和思想。老屋的变迁，店铺的炒作，房价的攀升……在城镇，在乡村，意味着城乡在融合，家乡经济在发展。我踩着一块一块被挖土机碾碎的石块，踏上一条宽阔湿润的机耕道，亲历家乡快速变化的步伐，没有什么能阻止家乡前进的脚步，只剩下家乡的原貌在我脑海荡漾、荡漾……经过一片古老的人工池塘，依稀可见游动的鱼儿，池塘边的树清晰地倒映在塘中，安静祥和，她曾是养育家乡一方人的一片湖，一片"海"，我惊喜地发现她还保持着优雅的姿态，她会不会就是未来"万古印象"着力打造的一个亮点呢？我想完全有可能呢。往上，我继续经过一片郁郁葱葱的菜地，莴笋、青菜、花菜、油菜、葱蒜……这些幸运儿长得嫩津津水灵灵的，在午后的阳光下也没有丝毫倦意，让裸露的黄土穿上了绿色的围裙，仿佛透着时尚和性感。

  我终于来到了父母居住了几十年，我居住了十五年的老屋前，我深深地向老屋鞠了一躬，跟邻居的老屋比起来，我家的老屋真是太幸运了，它还在，还在！只见它还是那样古朴，那样苍老，就像一位慈祥而矍铄的老人，尽管它的墙身早已斑斑驳驳，陈迹累累，不论外墙，还是内墙，除了一块一块的条石，几乎找不到一块光洁坚实的火砖，但它给人的气息仍然是质朴、亲切、温情的。每年的今日，即腊月23日，我都要陪着妈妈扫老屋的尘，老屋虽老，却因为干净而舒适，因为有老人而温暖。如今因为开发，一家人都搬到街上居住了，老屋随时可能被碾压成平地，这里仅仅是经营菜地的父亲的临时住所了。

  离街越近的土地开发速度越快，老屋前面的菜地和果园早已被夷为平地，那些葱郁的蔬菜来不及采摘，就被"呜啦啦"的推土机用厚厚的土石倾覆了；那一片高俊挺拔的枇杷树，也不曾移植和砍伐，树有多高，土石就堆了多高，他们是真正为这个城市发展献身的英雄，枇杷树是站着牺牲的，抑或是被无情的推土机活埋的，树尤人啊！想着那些枇杷树对我的好，对家人的好，对乡人的好，我的眼睛湿润了，心中不禁涌出无限感慨……

  幸运的是屋后的李子园，毫发无损，或许能再看一次李子花的精彩绽放，或许夏季能最后一次品尝到李子的诱人香甜。屋后那些熟悉的菜地都安然无恙，除了常年在家种菜的父亲、隔房二哥、二婶，竟多了一个年轻的蔬菜种植能手——隔房大哥家的大女儿，丈夫在外打工，趁自己在老家带孩子的机会，竟研究起新式蔬菜种植法来。那些蔬菜种子有意大利的，法国的，本地改良变种的，真是新鲜稀奇，紫色天葵、塌塌菜、黄菜、抱子芥、意大利紫菜、法式油麦菜……这些蔬菜名，新奇好玩，全是我未知的学问，它们跟常规蔬菜不一样，微量元素高，长相也别致，据介绍口感也较常规蔬菜略胜一筹。难怪年已古稀的父亲种了一辈子的蔬菜，对隔房侄女种的蔬菜也啧啧称赞，甚至自愧不如，感慨道：多年的经验已经敌不过科学技术啊！侄女告诉我，老家开发了，土地推平了一大片，空着，正好找点事情做做，也体验一下生活。于是在网上购买种子并学习种植蔬菜，没想到一种植就见效，蔬菜周期短，每季度都有收获呢。她一边给我介绍刚出土不久的蔬菜幼苗，一边向我分享她种菜的心得，我们都在老家老屋背后的菜园子里沐浴着春阳，聊着春天的话题。我感到走下讲台的我处处是学生，今天我遇到了一位多好的老师啊，她教会了我认识蔬菜，还让我知道了鲜为人知的绿色蔬菜的种植技巧，虽然我不会种植蔬菜，但我对蔬菜情有独钟。我明白了侄女把种菜当作一种乐趣，一种体验，一种收获的理由，因为这也是人生的一种姿态，一种追求。

　　老家开发了，那些暂时闲置的土地，并没有浪费，勤劳的居民就像开垦自己的自留地，一块块，一片片，在这个春天里，他们正在让肥沃的土地穿上绿色的新装。我想他们那种劳动的干劲，付出的热情，收获的喜悦，一定能与春天最灿烂最温暖的阳光媲美。

启蒙老师

不经意间，生命的年轮就滑向了中年的快车道，蓦然回首，最难忘的还是读书时，我记忆中的启蒙老师。

七十年代末，我走进了村里最简朴的学堂——大坪村小，整个学校就那么八九间土墙房子，典型的一个乡院子，白天二百多名小学生给学校带来了生气；晚上留下两三个老师护校，没有电灯电视，可以想象校园的寂寞冷清。教我的是一位姓王的女教师，二十岁出头，天真可爱，就像一个娃娃头儿，从她的穿着打扮一点都看不出她是农村的姑娘，后来才知道王老师是从城里下放到我们村的知青。她寄宿在一户村干部家里，周末却习惯待在冷清的校园，我家离学校步行五分钟的路程，几个小伙伴常借口放牛割草，逃出大人的视线，偷偷来见我们的王老师。

她教我们唱歌，朗诵诗歌，对我格外关照。我现在仍记得她教我的儿歌："白米饭，香喷喷，吃水不忘挖井人……"在几个小伙伴中，我的成绩是倒数第一，我常常被王老师留下来补课。那时没有电灯，天色暗了，王老师就给我点燃煤油灯。教室里就只有我和王老师，微弱的灯光熠熠地闪着微红的光，照着我稚嫩的小脸蛋和王老师青春如花的容颜。她把我当作自己的孩子一般，手把手地教我：这个"只"字是上面一个口，下面两点，你把"几只小鸡"变成"几兄小鸡了"，记住不要把下面两点写成"撇""竖弯钩"了。在一张草稿子上，她把这个最简单的字，教我写了好几遍，直到我写得工工整整为止。

有时她还要给我补习当天的课程，好几次竟忘了时间。天黑了，父母在家的那头呼唤着我的名字，王老师则在学校把我送出校门，手里还提着那盏煤油灯，在微弱的灯光下，深一脚浅一脚地把我送出老远，边走边叮嘱我道："别怕，我看着你走，这几步坎上去，就听得见爸妈的呼唤了。"我没有停下来认真听老师说话，抛下王老师，撒腿就跑，仿佛要跑出周围的黑暗，跑出内心的恐惧。虽然只有五分钟步行的距离，这时我可以把它缩短到两分钟，一分钟，去迎接屋门外着急的爸爸和妈妈，还有那心疼我的奶奶。

可惜的是，王老师只教了我两年就回城里去了。离别那天，王老师打扮得特别美丽，那件飘逸的天蓝色连衣裙，婀娜多姿。在孩子的眼里，老师就像仙女一样，同学们在操场上欢快地围着老师，开心地唱着《拍手歌》《春天在哪里》，竟没想到上课铃响了。老师走进教室，用别样的声调告诉我们："孩子们，老师就要回到城里去了，我在走之前一定要教会你们唱一首歌——《让我们荡起双桨》。"王老师那温柔的话语里有一种难以掩饰的依依不舍，可我们还小，不知道什么是悲伤，也不知道什么叫离别。听到老师要教唱歌，本能地欢呼起来，很快我们就跟着王老师舒心地唱起来，歌声像缥缈的云，又像温柔的风，更像滋润心田的雨……我们都会唱了，王老师开心地笑了。忽然，我听到王老师在叫我，我本能地站起来，王老师说："你是我印象最深的学生之一，能不能告诉我，在你心中，什么是最难忘的？"我没有思索，竟当众大声朗诵道："白米饭，香喷喷，吃水不忘挖井人……"也许是激动，也许是记忆的闸门，也许是我更懂事，说着，说着，我的喉咙哽住了，眼泪模糊了我的双眼，全班同学都在我的感召下，大声诵词，感奋歌唱，直到我们目送王老师的身影远去，远去……

多年以后，我读了很多书，上了同龄人羡慕的大学，自然经历过无数老师的教育，唯有我的启蒙老师王越胜老师，像一颗闪烁的星星，点亮了我童年最美的梦想。

母亲伴我们成长

转眼,母亲已伴我们20年了。

这期间我们搬过三次家,每一次母亲都帮助我们张罗并策划。第一个家是单位分给双职工的一套老房子,年久失修,好几年都没有人入住了。外墙随处可见斑斑驳驳的未掉干净的白石灰块,大门是用一把铁锁锁住的掉了漆的木门,两室一厅一厨一阳台,由于是底楼,光线昏暗,室内潮湿。地板凹凸不平,好几处已裸露出粗糙的煤炭颗粒,不小心就会被脚尖踢起来。90年代初,对于刚参加工作的年轻人,能分到这样一套房子,别人羡慕都来不及,还有什么理由可以挑剔的呢?母亲知道后,立即为我们计划开了,她要把这套房子简装出来,作为我们的新房。

母亲在老家请了三名工人忙了整整一周,把地板打磨成了当时最好的三合土地面,房间的屋顶、墙壁都粉刷白了,起初昏暗的屋子,一下子就变得亮堂了。加上定做了电视柜、沙发和床,一个温馨的住所就呈现在我们的眼前了。1995年国庆节,我和老公举行了隆重的结婚仪式,这就是我们的新家。孩子在这里出生,母亲从此一直陪着我们成长,酸甜苦辣咸,五味人生,母亲与我们一起品尝。我们无悔地把青春和热血挥洒在自己喜爱的职业里,一路收获,一路歌唱,一路成长。

孩子4岁时,我们准备搬到单位新建的教师集资房住了,那是一栋6层楼的步梯房,可入住24户,符合条件的教师都申请了,也有愿意继续住单位老集资房的,套内面积有宽有窄,住户在选择好了自己喜欢的户型后,没有通过论资排辈确定楼层,而是通过抓阄的形式公平合理凭自己的运气选择入住。或许是我丈夫业余时间都喜欢玩点扑克牌的缘故吧,手气不错,竟然抽到了最好的楼层——三楼。这三室两厅的房子,一厨一卫,设计合理,光线充足,刚刚清水房的屋子,就让人觉得满心欢喜。眼下之急就是装修房子,怎样既省钱,又能装修得漂亮呢?母亲开始帮我们策划了,一是劳动力资费的节约;二是材料,如地板砖、墙壁仿瓷费用的节约;三是装修时间的节约。有了母亲的策划和安排,我们几乎没有为此操多少心。50来岁的母亲,做起事情来,精力充沛,抵得过两个年轻人。买地板瓷砖,母亲找了懂行的熟人帮我们选择;装修工人,母亲找的都是老家熟悉的装修工,包括室内电路设计,几乎都是万古老家的熟人包干了。母亲除了配合工人们买些便捷的材料,主要任务就是为工人们煮饭,然后就是陪工人们做工,顺便端茶送水,做好后勤服务。我和丈夫呢,也要尽力协助母亲,不让她担心,累着了。此外就是安安心心地上好各自的班,不让母亲为我们担心。

　　搬家时,没有举行搬家喜宴,倒是测了一个吉日。早晨,还不到七点,母亲就张罗好了哪些东西要先进新屋,哪些东西要后进房间。我们家里大大小小的人力都出动了,两家的父母、兄弟、侄儿侄女,挑着油盐柴米,端着锅碗瓢盆,就像一支运输队。4岁的孩子稚嫩的双手也端着一个自己喜爱的小板凳,像活蹦的小兔子,乐颠颠地走在大人的后面。这时的我则是走在最前面开门的家庭主妇,母亲随后指挥着一件件熟悉的物品安全进驻新家。第一顿饭,大家忙碌之后,一道吃汤圆,预示着家庭团团圆圆,幸福美满。

　　八年之后,我们有了第三次搬家的经历。这次搬家是从一个镇上搬到城里的一个小区里。由于工作变动，在城里买住房是迫不及待的事情。2007年底，一个县城的房价已经由几百飙升到1000多元了，而且还在猛涨，作为双职工的我们，哪里有好多积蓄呢，一次一次的搬家，几乎把微薄的一点积蓄都花光了。母亲见我们眉头紧皱，决定帮我们借钱付首付，在熟悉的万古街道上，母亲跟着一群亲朋好友，我则跟着母亲，他们都是我购房的救星，一个个手里揣着存折，去不同的银行，要把自己并不多的积蓄转到我的银行卡里，实现我购房的梦想。我从来没有这样感动，五千，一万，两万……我的银行卡很快就有了八万元的活动资金。我联系了我的家父，商量后决定卖掉住了8年的单位集资房，为购房做好充分准备。最后以5.8万元，处理掉了那套自己喜欢的住房。尽管后来同样的房子卖到了30万元，我却从没有后悔。生活就像在大道上奔跑，奔跑的姿势是自己选择的，方向只能向前，向前。在大家的帮助下，我没有用按揭的方式购房，我心仪的住房总计14.7万元，一次付清，购房成功。

2008年8月8日，正是奥运会开幕的日子，我们顺利地搬进了新家。在当年11月8日，我们举办了乔迁之喜的宴会，同事朋友前来祝贺，坐了26桌。我庆幸的是，我在房价并没有升到最高的时候购了房，在同事和朋友中，我是最早入住电梯房的住户。

这一路走来，一直有位老人默默地伴随着我们成长，她就是我的婆婆，丈夫的母亲！20年如一日，为我的小家庭操劳，她是我们家最受尊敬的人。在此，我要对母亲说：妈妈，为了儿子儿媳，您辛苦了！转眼您就是古稀之年了，祝您健康长寿，永远幸福！

清明记事

清明，一个祭拜已故的亲人的节日。

近年来，在政府的引导下，日子一年比一年过得丰富而滋润起来，想到三天假日春游的妙处，我不禁吟诵起宋代诗人吴惟信的诗句："梨花风起正清明，游子寻春半出城。日暮笙歌收拾去，万株杨柳属流莺。"尽管这是描绘西湖春景，人们倾城出游的热闹气氛，但我仿佛看到了城里和乡下的人们在清明节，沿着弯曲的乡路去祭拜已故的亲人，用一种特有的方式去表达对已故的亲人的哀思，那浓浓的春的气息像亲情和乡情一样萦绕着我的心境。

在清明节里，城里人除了祭亲，还流行外出旅游观光。祭拜已故的亲人差不多一天时间，到邻近的郊县或市里来个二日游，也颇有情调。有的索性不出远门，从城里回到农村待几天，开清明会，喝清明酒，与家人和族人其乐融融，增进亲情和友谊，何乐而不为呢？这是我所在的城市和农村比较火爆的一项活动，也是清明节民间的传统习俗之一，备受人们看重和青睐。

这几年，我的唐氏家族清明会办得越来越兴旺，由过去的40桌，60桌，增加到100余桌了。先召开清明会，再祭祖，然后共进午餐。一个家族的老老小小都来到了一个开阔的坝子上，有的是从外地赶回来的大老板；有的是从大学回来的学子；有的是从城里回来的工薪族，当然更多的是本地土生土长的长辈和晚辈了。人群最前面是族里的祠堂，所有的老祖宗的牌位都供奉在祠堂里。用迷信的话来说，今天说的吉祥话，立的铮铮誓言，老祖宗都会听得清清楚楚、明明白白。

那个戴着老花镜、鹤发童颜、80岁高龄的老者，正举着话筒在祠堂前慷慨陈词，他是唐氏门宗爷爷辈以上的人物，德高望重，多年来，一直被尊为族长。在他的带领下，大家曾积极捐款，出谋划策，为族人修好了祭拜老祖宗的祠堂，还为乡亲修建了一条便民大道。现在，他又在倡议，要把公路修到家家户户，让所有的老人小孩出行更安全方便，他要把每年清明节捐的款作为基金，为族里乡亲办实事办好事。热烈的掌声响起来，原来是族长在公布今年清明会捐款的数额，一万，六千，一千，五百……总计十二万六千八百元，热烈的掌声经久不息，也许老祖宗真能听到，看到。鞭炮声响起来了，祭祀祖先时，那些捐款多的老板总是跑在最前面，也像族长一样成为了清明会的主角。

桌子摆满了整个坝子，一席60余桌，桌上热气腾腾，整个坝子显得人声鼎沸。坐二席的，多是在家的青壮年和家庭主妇，他们成了清明会宴席的工作人员。摆桌子，下厨，倒酒，上菜，就像农村流行的"一条龙"服务，丝丝入扣，有条不紊，简直没有一点不和谐的因素。桌子上的猜拳声一浪高过一浪，酒杯碰得哗啦响，春阳照着农家小院，照在坝子上所有的长辈和晚辈的笑脸上，空气里飘着浓浓的菜花香，浓浓的烈酒香，还有浓浓的乡情乡音，弥漫在人群中，祠堂上下周围，荡漾着清明节特有的温馨与和谐……

人头攒动中，我又想起古人写清明的好诗来："莫辞盏酒十分劝，只恐风花一片飞。况是清明好天气，不妨游衍莫忘归。"如今，老百姓的日子也越过越宽裕了，有了中国传统节日的滋润，日子越来越甜。清明，就是走进春意盎然的春天，就是步入清澈澄明的季节，就是置身芳香纯美的世界。

清明，也许才是传统节日真实地在城市和农村延续的缘由。

生命的积攒

人生有多少个 20 年呢？如果说人生平均有四个 20 年，那么第二个 20 年，就应该是生命的快车道。也许青春、事业和家庭在此孕育和谐和美满；也许人生、态度和价值观在此酝酿形成和升华。这必将为人生第三个 20 年推波助澜、继续扬帆前进打下坚实的基础。

我认为人生的第二个 20 年，是生命积攒的 20 年，是人生最精美的 20 年。

源于此，每个人都不能小视自己人生的第二个 20 年，走在漫漫人生征途中，一路风雨，一路前行，走进阳光灿烂的日子，那是我们生命的第二个 20 年；踌躇满志，迎难而上，追寻成功事业的脚步，那是我们生命的第二个 20 年；肩负责任，忍辱负重，从此扛起工作和家庭的重担，那是我们生命的第二个 20 年。我们越走越坚定，越磨越精明，在自己的工作领域开始得心应手，开始如鱼得水。"家庭幸福，事业有成"是属于我们这代人的头衔。一切源于生命的积攒，有的人积攒如浪涛般诱人的金钱；有的人积攒如蜜糖般甜蜜的小幸福；有的人积攒如水晶般剔透的亲情友谊。一路收获，一路欢歌，不惧前方风雨，就如那远航的船，从未停下追寻的脚步，航行在生命的大海。

人生的第二个 20 年，是生命的黄金阶段，是人生价值浓度的制高点。也许我是一棵草，算不上花容月貌，但有着"春风吹又生"的顽强品格；也许我是一棵树，算不上参天耸立，但在炎炎的夏日我已担当起为人们遮蔽风雨的责任；也许我是一朵野菊花，算不上迷人芬芳，但在秋高气爽的秋日我一样成为人们眼中的天使。也许我是一缕阳光，算不上热浪扑面，但在阴冷颓靡的冬日我可以瞬间捕捉人们久违而亲切的笑容。学会积攒生命的花絮，你就会更懂得珍惜生命和珍爱情谊。

那是在我高中20周年的同学会上，一个分别了20年的老同学，跟其他同学一样出现在我的面前时，我觉得没有什么与众不同。当他从自己的黑匣子里拿出一封封保留了20年的信件时，全场惊呼了起来，这里有一封曾是我写的信，白色而泛黄的信封上一手潇洒的字，那是我大一时的墨宝。拿着信，我的手在颤抖，我的眼里感到有泪在涌动……20年了，多少青春岁月如流水般漂走了，多少浪漫故事也已经像封存的匣子，找不到开锁的密码了，然而同学情是至高无上的，生命积攒了过去岁月的痕迹，时间抚平了曾经的恩怨忧伤。我的视线模糊了，已不能逐字逐句地看下去，内容大概是丰富多彩的大学生活，畅叙同学情谊的。没想到90年代初，正值青春年华的你和我，竟没有发生任何浪漫心醉的故事，就像家乡西湖的水，微波粼粼，清澈平和。我不禁为如此纯情的内容深深震动，合拢信纸，我的心里踏实了，真切了，昔日的纯情友谊，这就是铁的见证。20年的积攒，我的心情如西湖的天空，蓝天白云，风轻云淡。20年的积攒，却因为这一个小小的细节，打动了所有的同窗学友。可生命中有多少人在积攒着这样的感动，积攒着这样的财富呢？我愿意在生命的第三个20年，第四个20年，继续看到、读到这封信，因为，从此我也学会了积攒生命的琐细，积攒生命的美丽，会更加懂得珍惜的内涵和品味。

为什么人有亲疏之分呢？为什么情有浓淡之别呢？因为友谊是生命的积攒，爱情是生命的积攒，亲情是生命的积攒……如果说几十年如一日金钱的积攒是有限的，那么同样几十年如一日友情亲情爱情的积攒则是无限的。这就是人生有限的财富和无限的财富。我们要把有限的生命更多地投放到无限的财富的积攒上，让我们的生命之花更灿烂，心灵之湖更纯粹，心胸之海更宽更广。

素宴

上个周末,我们一家被一位老朋友特邀去他家里做客,可他却一改常态叫我们吃素宴,这让我既惊喜又不解,难道他也要像佛家那样"超凡脱俗"?

我真正见到对素食情有独钟的人们,都不是生活中的寻常人,他们大多有宗教信仰。说到信仰,外国人曾振振有词地批评我们中国人:"中国人的确在很多领域都超过了西方发达国家,但是中国人讲究的是及时行乐,可见他们缺乏信仰。"别人如何评判,我们都可以毫不在乎。但我看重有信仰的人们崇尚素食的精神境界。偶尔吃吃素,养生之道所需;长期吃素,人生境界所致。前者容易成就,后者简直让我们后生望尘莫及了。

我曾见到一位老人,年轻时在条件十分艰苦的农村支撑着抚育两个儿子读书,他勤劳善良,无偿为村里人修路竟达十余里。后来儿子双双考上大学,他深信这是修路积的功德,于是村社有修桥补路的事,需要帮忙救助的事,他都跑得特快。年纪大了,跟随儿媳在城里却过不惯城里的生活,吃饭时从不上饭桌。但这位老人几年前已离开了人世,而他究竟有着什么样的人生境界呢?没有人知道,也许只有含笑九泉的他才能悟出其中的真谛。

在我生活的圈子里,好几位朋友都坚持每月初一和十五吃素,也常常参加一些佛事活动。有一次,我随一位朋友去当地有名的一个寺庙参加活动,只见小小的寺庙被挤得水泄不通。中午开饭了,一个不太开阔的坝子里竟摆了20多桌，上菜时服务员欢快地报着菜名：鸽子汤、红烧鱼、烧白肉……我在心里纳闷：庙宇都要吃斋的，怎么报上名来的全是荤菜呢？在饭桌边坐下，一动筷子，我才恍然大悟，什么鱼呀肉呀，全是素食，我怀着别样的心情吃了这顿饭。

那可是我第一次品尝素宴，那些来来往往穿梭的人们，老人们总是笑语盈盈，和蔼可亲；年轻人总是唱歌乐言，其乐融融，有城里的工薪族，更多的是有信仰的群众。一天做完了家里的工作，在此会会友，谈谈天，说说地，好不惬意。这就是当今多数老百姓的生活侧影，你会感到一种美，一种善，一种发自内心的赞叹。

难怪上个周末，一位老朋友特邀去他家做客时，也别开生面吃素宴。饭桌上，大家一边品酒一边品菜，"佛手三丝""糖醋烧豆腐""酸辣海带丝""木耳脆笋""尖椒炒平菇""莲子红豆羹"……满桌的素菜，色香味俱全，伴着白酒的烈香，大家畅饮畅谈，随口拈来"低头弄莲子，莲子清如水。""红豆生南国……此物最相思。""醉翁之意不在酒。""酒不醉人人自醉。"笑声萦绕席间。最后一道"聚三鲜"把气氛推向了高潮，大家一人一句开怀地唱起了国学经典歌曲《龙文》："……洒下窗前明月光，上下千年一梦长……一杯清茶到汉唐……孔雀东南飞，织女会牛郎……"笑声和歌声在屋子里荡漾、升腾。

饭后，人人品瓜，"北瓜""黄瓜""哈密瓜"，瓜瓜香甜，瓜瓜不凡。主人一首新作打动客人，大伙争着评论，仿佛个个是作家诗人，由此为当天的素宴增色不少。我悄悄打听了这顿饭的花费，主人坦诚相告："别小看今天这顿饭哟，可比平时请客吃荤的2倍还多哦！"大家都开心地笑着，多数还是第一次品尝素宴，而且是在这样一位受人尊敬和爱戴的朋友家里，让人的心灵分外澄净、和谐，一种善，一种美，在普通人的心中再次得到诠释和升华。

如今，素宴是我们可遇而不可求的精神大餐，让我们在这难得一次的素宴里，也像佛家那样去品味一种"超凡脱俗"，那将会是人生的另一番境界！

我家打谷忙

秋收时节,黄澄澄的稻谷呈现出一派丰收的景象。

我那在乡下的父母去年就"农转非"了,快七十岁的老人,能享受政府每月580元的社保津贴,在农村,他们是很幸运很幸福的老人。可老人家总是闲不住,仍喜欢在田间劳作。一年四季的农活,当作自己的事业在做,从年轻时走过中年,如今已步入老年了,仿佛自己不给自己下退休令,几乎没有谁能阻止他们劳动。

现在,田里的稻谷成熟了,丰收的喜悦就像清晨的薄雾,弥漫着整个山村。太阳一出来,山里人就开始忙打谷了,我们担心爸妈累坏了身子,坚决不准他俩下田打谷。要是往年,爸妈下田两天时间就可以把一亩多地的水稻挑回家来,大家一致决定今年请四个人帮忙打谷,爸妈晒一下谷子就可以了。平时家里都是妈妈当家的,这回爸爸当家了,也许是爸爸种菜卖菜的人缘好,一会儿工夫就在邻村请了四个人来帮着打谷,妈妈看到打谷的四个人,其中有两个人年岁比较大,心里就犯嘀咕,自言自语道:"打谷嘛,要请精壮悍马的噻,请这么老的人打谷,他能干得了这样重的活吗?"爸爸乐呵呵地进屋来说道:"现在很多年轻人都外出打工了,再说都是乡里乡亲的,人家才有空来帮我们打谷子嘛!"爸爸说这些话的时候脸上带着得胜的笑容。

可天有不测风云,其中一个年龄稍大的老汤平时很少下重力,打谷子的动作总比别人慢,挑谷回来的重任自然就落在了他的肩上。回来的路上有几步坎,不知是这把年龄的缘故,还是自己平时劳动锻炼少了，心里产生畏惧不敢直接上去，便自作主张地踩到旁边一块石板，想用手抓住一棵树的枝干上去。其实挑的谷还没有满筐，人的重量也不到120斤，可石板偏偏断裂了，腿陷进沟里，石板像刀子一样把老汤左下腿的肌腱割断了一块，加上老汤一着急，取石板不当，腿上的皮又被他掀起了一大块。在医院缝合包扎时，老汤表现得很坚强，我们全家人心里却像打翻了五味瓶，所幸的是老汤没有伤及筋骨。

　　我家七十岁的老爸顶替了老汤的位置，家里的谷子继续打。直到第二天，老爸无怨无悔地陪着他请的其他三位劳动力把我家的谷子打完。妈妈是个双重角色，在家把打谷的人的饭菜做好，谷子晒好，每天要去医院跑两趟，协调我们一家和老汤一家的关系，还要时刻关注老汤的伤势，问寒问暖。医生说得比较严重，说至少要住上半个月才能出院。我们担心的是：开学了，妈妈也是我的小家庭里一个重要的角色，我们上班，她要帮着我们料理家务，每天还要接送我兄弟的孩子放学上学。老汤已在医院住了十天了，费用已花去五千余元，伤势基本痊愈，出院还是不出院，出院后的料理等问题，都是我们双方要解决好的问题。

　　为此我们在周末放假时，回了一趟老家，看望受伤的老汤，安慰心急如焚的父母，更重要的是协助爸妈把事情解决好。我们把村里的书记、主任和本队的队长请来，并一道关心邻村的老汤，让他安心养伤，医药费由我家全部负责。其实老汤一家也是忠厚老实的庄稼人，孙子考上了大学需要学费，出来挣点钱也不容易。没想到还未事成就遭遇了安全事故。这是谁也不想发生的事情，我们全心全意地为他家着想，他们也由当初的不理解到现在反而也为我们一家着想了。村里的干部都甚感欣慰，最后双方达成协议，在老汤的自愿下，决定周末就出院，总共在医院待了十二天的老汤，最后由我父母再付给他2500元现金，作为后续疗养的费用。

　　我深情地望着我的父母,我觉得他们是天底下最善良的人。平时生活很节约,靠种点蔬菜积攒点钱,自己都舍不得用。在处理这件事情上,他们主动承担了所有的经济责任,积极主动热情,把事情处理得顺顺当当、圆圆满满,也许这就是劳动人民最朴实最本真的共性和特质。

　　老汤的儿子用颤抖的手接过钱,我们一家真诚祝福老汤早日痊愈,在场的母子俩不知说什么好,眼睛湿润了,喉咙哽住了,一时感动得说不出话来。

与太湖关联的

到了无锡,我们首先是游览太湖。太湖水浩浩汤汤,一望无涯,水就像装在一个特大罐子里一样,随风漾起粗壮的波纹,仿佛一位粗犷不拘小节的汉子,躺在地球母亲的怀里打着憨憨的呼噜。

我们的团队乘坐的是战船"周瑜号",偌大的一艘船,共有三层楼,没有一根钢筋,全是厚厚的木板镶嵌成的,古色古香,带着浓郁的历史色彩和古朴风格。老船夫悠闲地坐在驾驶室,自如地把握着手里的方向盘。在太湖上,船就像一栋缓缓移动的别墅。游客可以尽情地吸纳太湖水的波涛声,懒懒地吹吹暖洋洋的湖风,可以眺望矗立在湖边的历史建筑和模糊的远景,感受和触摸太湖的粗犷和大气给无锡这座城带来的与众不同。

"太湖美,美就美在太湖水。"这一湖水,几千年朗朗乾坤的积淀,绝不是清澈见底的小家碧玉,而是清朗厚润的大家闺秀,成为富庶江南、鱼米之乡的代言人,成为名曲"二泉映月"歌之咏之的发源地。

与太湖关联的是无锡影视城,走进无锡影视基地之"三国城"和"水浒城",中央电视台曾播出过多次的电视连续剧《三国演义》和《水浒传》是如此逼真地展现在眼前。在"三国城",我们观看了《三国演义》第五集《三英战吕布》的现场戏,全面展现当时的战斗情景。战事扣人心弦,紧张逼人,演员个性鲜明,淋漓尽致地再现了刘备、关羽、张飞兄弟三人与猛将吕布在沙场上的一场殊死血拼。

在太湖的濡养下,影视文化就像一颗颗璀璨的明珠,让人目不暇接。

三国城的面积比唐城大三倍，有气势恢宏、古朴典雅的吴王宫，有壁垒森严、雄壮威武的吴营水寨和曹营水寨，有高临水边、气氛神秘的七星坛，有古色古香、香烟缭绕的甘露寺，有高大庄严、巍然耸立的点将台，有战船云集、水面开阔的水城。水浒城面积较三国城还要大一些，有由皇宫、御街、高俅府、大相国寺、汴河两岸、艮山寿岳等组成的宋朝京城，有由"狮子楼""西门庆药店""武大郎饼店""王婆茶馆"等店铺组成的紫石街，有由忠义堂、水寨等组成的梁山泊。徜徉在城内，就像在一页页地翻阅历史的画册，让人不禁感叹历史文化的丰厚生动，惊叹古代建筑艺术的逼真精美。

　　走出影视城，眼里仍是一汪太湖水，水比城更有灵气，一座模拟的古城因为太湖的浇灌，正勃勃地展示着历史跨越现实的魅力和神韵。

阳光下的西湖

我一直忘不了苏轼《饮湖上初晴后雨》中的诗句:"水光潋滟晴方好,山色空蒙雨亦奇。"在灿烂的阳光照耀下,西湖水波荡漾,波光闪闪,十分美丽;在雨幕笼罩下,西湖周围的群山,迷迷茫茫,若有若无,非常奇妙。这样的美景对于一个游客来说,就像"鱼和熊掌"是不可兼得的。

我在西湖游览,享受的是阳光下的西湖美景。如果说太湖水是粗犷的男子汉,那么西湖水就是天然的淑女风范了。在游船上观看西湖水,微波粼粼,阳光下远远看去,断桥、长桥、三潭映月就像一幅绚丽的油画;风雨亭、老曲院风荷碑、后孤山,就像一条神秘的画廊,在柳树、荷塘的点缀下,如诗如画。

西湖因自然风光而美丽,更因历史人物而美丽。在西湖边上走走,你会发现好多脑海里熟悉的名字:岳飞、苏小小、秋瑾、苏曼殊、徐锡麟等历史名人,他们的灵魂竟安放在闻名遐迩的西湖边上。凄婉的梁祝故事,动人的许仙和白娘子的传说,也与西湖结下了不解之缘。西湖的山和水清丽明朗,西湖的历史和传说神秘厚重。二者相得益彰,唯有苏轼的诗句"若把西湖比西子,淡妆浓抹总相宜"能凝练地概括西湖丰富的人文景致。

作为一个旅游观光者,我还是更看重西湖的自然美景。悠闲地走在白堤,可惜早已不见白居易笔下的"乱花渐欲迷人眼,浅草才能没马蹄"的春景;累了便席地而坐赏荷花,也不是夏日"莲叶何田田"

的美妙景致了。在这仲秋时节，荷塘生机仍在，尽管显得有些荒凉，恰是"留得残荷听雨声"的至高意境。然而，阳光下的西湖，阳光下的白沙堤，美景即是梦境，不能享受那雨中的天籁之音了。还是湖边的柳最具风情，一边遮挡着秋阳，一边与游客亲热地絮语，浪漫地与亲近她的人留在游人的视线里和相机里。

返回时发现，从断桥口至西泠桥畔，堤岸两边清波微澜，仰面白云欲吻湖烟，莺燕争春栖柳掠地，周山含翠湖水涂碧。几乎忘记了季节的烙印，原来仲秋时节仍能找到西湖含春的影子，就像一个女子，不论年老与否，只要爱美，呈现给人的总是年轻的身段，靓丽的容颜。

阳光下的西湖就像迷人的新嫁娘，婆娑着美丽的姿态，我走在白堤上，迎着向晚的秋日，眼前出现了一片金碧辉煌，湖畔的金柳熠熠生辉，夕阳下的西湖就像喝醉了红葡萄酒的新娘。当夜幕降临时，西湖开始朦朦胧胧了，恍如雨中西湖的烟雨迷蒙，我想象着，这位新嫁娘，在雨中，那应该是另一番别样的风情吧。

魅力千岛湖

在华东五市旅游,我忽略了这里繁华的城市,因为城市有太多的相同点,我尤其喜欢这里的湖,太湖、西湖、千岛湖,简直一个比一个造型优美,一个比一个内容丰富,这也许是我个人的独特感受。

千岛湖是人工打造的湖,经过四十多年的封山育林和涵养水源,已成为绿色的湖,绿色的岛、绿色的树、绿色的水,造就了今日千岛湖森林茂密、空气清新、湖水透彻的秀美山水风光。大小岛屿1078个,美其名曰"千岛湖"。大岛如山,小岛如船,个个青翠欲滴,像一块块半浸在湖中的碧玉,在碧波浩渺、岛屿点点的湖面上曲折行驶,别有一番风味。

库区的老百姓,淳朴热情,以湖为家,经营着自己得心应手的旅游业,向来自五湖四海的游客传递着他们的民风民俗。在湖上游玩,需要整整一天,除了欣赏岛屿和湖水,感受湖面清新可人的景致,最有意思的是在船上就餐和蛇岛游玩。人头攒动的船舱就是一个大餐厅,大家在长方形的条桌边面对面地坐好后,看到服务员热情地招呼客人并熟练地上菜,只见导游一桌桌地给用餐的客人说悄悄话,她说:"朋友们,等会吃饭的时候,没有调羹,不要见怪哟。吃鱼的时候千万不要说'翻面',要说'调头'哈,这是每个船老板都忌讳的。请求大家尊重这里的民俗了。"导游的话就像一剂兴奋剂,大伙在吃饭的时候,故意大声说道:"来,鱼该调头了!""预备——调头!"席间还传来热烈而欢乐的笑声。有个小孩脱口而出:"翻……"幸好被身边的大人制止得快,也没有被老板听见。据说有人曾在船上说"翻面",与老板发生过厮打,可见一方水土养着一方百姓,他们爱自己的家园就是爱这美丽的千岛湖,爱这为他们带来经济收入的旅游船,不希望它有丝毫地被亵渎和侵犯。

蛇岛游玩十分刺激。在幽静的道上走着,旁边出现一个大大的铁笼子,犹如一座房子,地下还有一层,里面蜷曲着大大小小的蛇,先是一动不动,待你脑袋凑近时,突然惊动起来,让游客发出一声声尖叫。路边招揽客人的蟒蛇表现得特别温顺,以各种姿势与游客合影留念。我在心里给自己加了勇气,不要怕,去把蟒蛇架到脖子上照一张相吧,拿回来羡慕一下家里的人。可是,我不论怎样鼓足勇气,还是没敢去碰碰那粗壮的蟒蛇,只好悻悻地离它远了,远了……走进一个精致的商店,我狂买了一些千岛湖的饰品,给家里的亲人一人一份。

在岛上游玩,可谓悠闲自在。还能看到祥云缭绕的寺庙,可以虔诚地朝拜白蛇娘娘,许下美好的愿望。岛上有一米多高的洁白的恐龙蛋模型,两个人都环抱不过来,让人惊喜,不禁驻足嬉戏,留下难忘的倩影。

次日,在黄山光明顶,我远远地看到了烟雨迷蒙的千岛湖,宁静可人,清新宜人,我知道这是山的魅力,但我还是反复地照下了我与湖的合影。当深情回望已是遥不可及,我却带走了它的灵魂,如今还一直陪伴着我。

其实,如果去的城市很多,就会发现城市有太多的共同点,不论繁华与落后,不论历史的短长,不论文化的厚重与否,城市都是经济和文化的中心,都是人口的聚居地。真的要分辨出这个城市的性格和风骨来,应该是它所辖的山和水。我在华东五市一线旅游,城市是看点,不用多说,仔细看看城里的水,就会更加了解这个城市的底蕴,把握这个城市的脉搏。

　　这华东五市的游历，沉淀在我记忆深处的，也许就是那美丽的人文景观与厚重的历史！

走进海螺沟

海螺沟是一个神奇美妙的地方,似乎早就让我对她充满着神往。在国际"三八妇女节"一百周年之际,单位组织我们女职工去四川东南部的海螺沟考察学习,也是观光旅游。我怎能不欢呼雀跃呢,但这并没有把单位所有的女职工乐坏,由于各种客观原因的制约,80位女职工去了43位,加上带队领导及家属小孩,54人组成了一个旅行团前往海螺沟。

一

闹钟迫不及待地在5:50叫醒了我,匆匆起床整理好行李,出门来到一家早餐店里,早餐后及时赶赴广场集合上车。

天刚蒙蒙亮,旅游车出发了,途径邮亭,上成渝高速,向雅安方向进发,到达天全县小憩午餐后,翻越空气稀薄的二郎山,一直向越来越幽深的山谷进发。这哪里是旅游车呢,简直就是穿山甲嘛。同事们由开始的欢快声变得悄无声息,偶尔听到有异常的反应,那是高原反应,那是晕车的声响。不论成年人还是小孩,都很坚强,经受住了山路的颠簸,傍晚6:30,我们终于到达了海螺沟所在的镇——磨西镇。

下榻磨西酒店,晚饭后大家忙着要做两件事情:一是逛磨西镇购物,主要为第二天步行、爬山、游泳做好充分准备;二是参与藏家篝火晚会,感受藏族文化气息。夜幕降临了,我们走在磨西镇街上,头顶灿烂的群星,脚踏被街灯照得明晃晃的路面,呼吸着凉津津的像过滤了的高原空气,远处的高山把小镇紧紧地围了一圈,人像在井底游动,又像在天街漫步。这里除了游人,就是商店店主,几乎很难见到一口藏语的老百姓。直到走进藏家篝火晚会的现场,我才看到了不一样的藏族风情。

老远就听到藏家小伙子热烈的招呼声,看来这里早就是人头攒动了。走进晚会大厅首先接受的是藏族人民友好的哈达,节目还没有开始,场子已经显现出热闹非凡的气氛来。我们迅速找好自己的位置,桌上摆满了青稞酒和酥油茶,一桌还有两三碟地道的藏家小吃,仿佛在藏家做客了,顿时感觉温馨惬意。

篝火晚会开始了,主持人是一位英俊潇洒的康巴汉子,身着藏式民族服装,声如洪钟,连珠炮的话语极具磁性和震撼力。熊熊的篝火燃起来了,歌声仿佛在崇山峻岭间悠悠回荡,一下子把在座的游客带到《青藏高原》,去欣赏那美丽的《高原红》。喝着青稞酒,品着酥油茶,下着美味小吃,听着看着藏家少男少女热情好客的音乐舞蹈,感觉自己在这里仿佛受到了优待一般。于是情不自禁地同藏家儿女跳起了锅庄舞,踏着欢快的节拍,红红的火焰映着藏汉同胞的脸,分不清谁是谁,热烈、沉醉、欢乐,演绎出了一首绝美的春天的圆舞曲。

回到座位上,继续喝酒品茶,还有萝卜羊杂汤,只要自己喜欢,杯里总是有喝不完的青稞酒和酥油茶。开始烤羊了,火焰发出"哔哔啪啪"的欢快声,还有歌声,脚步声,欢呼声⋯⋯这是一个汇聚声音的海洋,在袅袅烟雾中,显得亦真亦幻。一首《逛新城》把气氛推到了制高点,不知什么时候,大伙都起立跟着藏族师傅做起了佛教仪式——超度羊的亡灵,大伙动情地跟着师傅高声念着不知所云的咒语,似乎忘记了自己是一个汉人。在体验藏家生活中,被一一同化是那么的心甘情愿，水到渠成。

一盘盘香喷喷的烤羊肉端上了桌子，仍旧喝酒品茶，还美滋滋地啃着烤羊肉，观看着精彩的歌舞。一直持续到晚上 11 点，客人们纷纷上台献哈达，与藏族同胞手拉手再次跳起了难舍难分的锅庄舞……

似乎没有人宣布这场晚会的结束，人们开始向出口涌去，个个额头冒着汗珠，脸蛋上挂着高原红，嘴里还哼着刚学会的曲子，说着刚学到的藏语，嘻嘻哈哈地朝宾馆走去，一天乘车的疲惫便消逝在这热闹醉人的空气里。

二

第二天清晨 6：25，就在宾馆门前集合上车，先到海螺沟景区门口，我想步行也不会超过十分钟的，为了把当天的黄金时间留在景区，导游为我们预定了第一班景区公交车，一小时到达目的地，估计能观看到金山美景。

出发了，车速不是很快，几乎看不到外面的景致。很快路面变白了，远处仍是黑压压的一片，原来车子竟穿行在陡峭的盘山公路上，路仿佛是从崖壁上切割出来的，上面是千仞绝壁，下面是万丈深谷。一车人被无数的弯道折腾得东倒西歪，窗下是无底的深渊，视线怕被窗外的亮光偷了去，只好悻悻地闭上眼睛，感受海拔逐渐升高的特殊反应。突然，开车的师傅叫醒了大家："快看，金山美景！只有几分钟时间哟！"大伙才振作起来，纷纷在车内找好角度，举起相机"咔嚓、咔嚓"地摁起来。果然是火红火红的金山，在群山中独树一帜，特别惹眼，仿佛《西游记》里熊熊燃烧的火焰山，左右的群山威压似的挤过来，简直让旅游专车喘不过气来，既要抓拍美景，又要注意安全，大伙一时显得有点手忙脚乱。只见山逐渐褪去红色，慢慢露出了冰山的原貌，在阳光下，成为一片辉煌的白色。

到站了，这仅仅是海螺沟的3号营地，还有4号、5号等多个营地，在此为游客设下了一个令人神往的悬念。仿佛现在才走进海螺沟这幅神奇的巨画边沿，只有不停下脚步，才能有幸揭开她那神秘的面纱。于是你必须作出选择，要么乘索道上行鸟瞰冰川美景，欣赏贡嘎雪山；要么步行上山，亲临冰川和雪景。我们有一伙人，还有4个小孩都选择了步行上山。带小孩的慢慢地走在后面，其余人轻装上阵，一鼓作气地向上爬去。其实山路不是很陡峭，处处有人工的痕迹，少数地方还积有冰雪，显得有些湿滑，客观条件已不能阻挡向上的心情，越向上，脚步越自然，连呼吸都比先前均匀了。偶尔停留下来在雪地和原始森林留个影，仔细眺望远处的山和树，顺便也等等后面的团友。

耳畔已传来惊呼声，转过一个弯，人头攒动处是最佳观景台，只见一块白色的天幕挂在两山间，仿佛是从天上倾泻而下的，原来这就是海螺沟的奇观——冰川瀑布。远远看去，在阳光的直射下，白亮亮的一片纯白，像流动着的晶莹翡翠。妙在海螺沟的春天五月才来到，现在正值海螺沟的冬天，于是我们可以零距离零风险地亲临冰川了。我们迫不及待地沿着一条不规则的"之"字形山路下到沟底，便开始了在冰与雪、乱石堆积的斜坡上攀爬的旅程。说是零风险，还是挺危险的，一步一步都要走稳，越向上，景致越瑰丽，道路却越难走了。乱石逐渐被冰雪埋在下面，裸露的越来越少，大家搀扶着向前，向前，最后眼里只剩下冰和雪了。累了，竟一屁股坐在雪地上，感觉还很惬意很舒适。大伙欢呼着，追逐着，堆雪人，打雪仗。拍下一张张蓝天、白云和雪山的美景，在一处形似小山的雪地上，大伙竟开心地玩起了滑雪，很刺激很过瘾。那快乐的声音越过沟谷，穿透冰层，伴着脚下的冰川发出的地音，还有雪水汩汩的流动声。最危险的地方，也因为大家的团结互助，变得安全通畅。最让人感动的是，同事的四个小孩一个也没有缺，跟大人一起一步一步地攀爬到了冰川的高处，他们中有抱着雪人小熊的，有抱着雪人狗狗的……也许，冰川雪地才是孩子真正的童话世界，雪地有了孩子的涂抹，有了孩子的欢笑，才有了不一样的内涵和诗意。

俗话说：上山容易下山难。回程的路几乎是原路返回的，我们一路搀扶，一路呵护着几个坚强的小孩，速度也许慢些，但没有停留，因为我们不能食言，爬山前答应要带孩子们去贡嘎神汤泡温泉的。也许是太累了，孩子们在车上都呼呼睡着了，下车到神泉游泳处，个个筋疲力尽了，走走看看，一致同意先回家再去泡温泉。别说小孩，大人早就像泄了气的皮球，只想早点回到旅社，有张床躺下就是最好的休憩了。

晚饭后，再累也别忙着睡觉去，还有一台精彩的藏族风情歌舞晚会等着大家呢，我想会不会与第一天篝火晚会的节目差不多呢，导游也真是的，非把大家累坏不可吗？其实，想那么多都没用的，因为我们是一个团体，随大流也许是一种福气吧。准时来到演播厅门口，依然是藏家儿女为进门的每一个同胞献哈达。这是一个能容纳近800人左右的地方，装饰华丽，舞台显得很隆重，很快找到了座位，座前也不知是什么时候已经摆好了青稞酒和酥油茶。耳畔萦绕着藏族特有的轻音乐，自然就把头靠在了座位后背上小憩，把白天旅途劳顿的倦意撵走。

突然，人的精力因激昂的乐曲高度集中起来，舞台成了一群藏家儿女欢乐的天地，在主持人精彩的报幕声中，今夜的藏族风情演唱拉开了序幕。《青藏高原》《康巴情歌》《远方的情人》等曲目，或独唱，或歌舞，或互动，跟昨晚的形式差不多。所不同的是穿插了藏族婚礼习俗互动节目，别具一格，把晚会气氛推向了高潮。主持人先在观众中挑选出了八位壮小伙，以谁的葫芦说得多当即淘汰四位，可姑娘只有一位呀，也就是说这台上的四位男青年还有一场角逐。现在是拔河比赛，谁要是成为拔河冠军，谁就是今晚的新郎。台下的欢呼声此起彼伏，等待精彩的竞赛开始，这拔河可不是像家乡那样一根绳子用力拉，谁的力气大就决定胜负的。主持人抛出一根彩绸，做了示范动作，台下爆发出"哇塞"的惊爆声。原来绳子的两头要挂在脖子上，然后俯下身子，把绳子夹在两腿间，靠颈部和腿部的力量获胜。一局、二局、三局，高大英俊的小伙子也被逼下去了，最后只剩下一个中等身材的壮小伙，留下来与藏族姑娘成亲。接下来更衣，喝酒，入乡随俗，当履行完一套又一套藏族婚礼的仪式后，小伙子再次亮相时，台下的观众笑成了一锅粥，在二人悄悄话时，新娘让新郎闭上眼睛，然后迅速在新郎脸上大做文章，用黑黑的锅灰把新郎打造成了一个地道的康巴汉子。当地人说这才叫郎才女貌，要是小伙子愿意就可以留在这位藏族姑娘身边了，为丈母娘放三年的牦牛，做倒插门女婿，三五年就是一个百万富翁呢。表面看这是一个游戏，据说曾有藏族姑娘被小伙子带到外面去生活得美满幸福的。

　　晚会继续抛出精彩的节目，我们欣赏着藏族儿女热烈、刺激、激情的音乐舞蹈，忘记了白天的疲惫，大伙纷纷走上舞台献哈达，与演员们手拉手跳起了欢快的藏族踢踏舞，晚会在狂欢的气氛中徐徐拉下帷幕。

　　这一天，感受到的气氛，仿佛海拔3000米以上的灼灼烈日；仿佛贡嘎山上温泉出口处90摄氏度的热浪，每个人都被这原始的，开放的，神圣的音符感染着，直到幽幽地步入甜美的梦乡。

三

早晨6点又起床了，6：30早餐，7点准时出发，海螺沟三日游，这最后一天，该是粗茶淡饭，清淡十足了吧。本来看了泸定桥就可以打道回府了，也许跟平时的职业有关，喜欢拓展学习。泸定桥离康定60多公里，又是甘孜州州府所在地，一首《康定情歌》闻名全国，乃至世界，究竟是怎样的一个浪漫之都呢？团友们迅速跟开车师傅达成协议，可以去康定看看"跑马溜溜的山"了。这最后一天的行程被拟定为：泸定桥——藏药材展厅——康定——冰川水晶馆——牦牛土特产基地——返程。现在想来，走进海螺沟容易得多，走出来还不能料定就轻松无忧呢。

先去泸定桥瞻仰红色古迹，在经典诵读、红歌传唱的今天，去缅怀红军烈士，感怀我们的幸福生活，该是多么有意义的活动了。三月的大渡河，水流还不甚湍急，那13根铁索料想也不是当年红军"飞夺泸定桥"的铁索了，摇摇晃晃的泸定桥面是铺着整齐镂空的木板，只要掌握好平衡，走在桥上是很安全的。但仍然有不少游客，包括我们的团友，望着颤巍巍的桥面发呆，简直不敢挪动自己的双脚。想想我们的战士，冒着枪林弹雨，没有木板，好比演员走钢丝，还是烧红的钢丝，那是怎样的勇武和舍生忘死，那是怎样的愤怒和悲壮！22名战士牺牲了17位，有的战士连姓名都没有留下。走在泸定桥上，我心潮犹如大渡河滔滔的流水，怎能说这只是一个观光旅游的景点，仅仅感受一下大渡河吊桥的刺激？让我们牢记血的历史，缅怀英烈，向牺牲的革命英雄致以崇高的敬意！我怀着崇敬的心情与"泸定桥"合影留念。我将永远铭记"泸定桥"这个铁骨铮铮、响当当的名字。

带着欣慰的心情离开了泸定桥，我们来到高寒地带著名的藏药材基地，学习加欣赏，自愿选购加寻医问药。停留30分钟，大伙消费了1000多元人民币，导游不乐，大伙却自得其乐。去康定了，海拔在逐渐升高，空气变稀薄了，道路险峻，山路哪里才十八弯呢，下车才知道"十里不同天"的气候变化。阳光照耀着，滔滔的河水自上而下旁若无人地穿城流过，房子前面是河，房子后面是耸入云霄的高山。人站在大街上，就像站在山的夹缝中，刺骨的寒风扑面而来，仿佛整个城市都处在风口浪尖上一般。我们的主要活动是逛街，至于"跑马溜溜的山"，由于时间关系，只能可望而不可及了。我们沿河道一侧的街道下行，这里的建筑楼群具有明显的藏式风格，佛教气息浓厚，与我们面对面走来的着装怪异的男男女女，多是本地的藏族居民，有的还带着口罩御寒，显得十分神秘莫测。只有店铺里的姑娘和小伙最有生气，开心地看着客人的到来，脸蛋上总是挂着那永不消退的"高原红"。

中午时分，我们拖着疲惫的身子，被旅游车带到一处购物中心——冰川水晶展示中心。大伙的精神来了，车一停，"霍"地往车下溜去。看到琳琅满目的水晶，哪位女士不心动呢？更何况，这是过100周年"三八节"呢，于是水晶项链、水晶镯子、水晶吉祥物……同事们纷纷讨价还价，买了一件又一件，直到钱包越来越瘪了，才收手回到车上。这回，我们一共消费了近5000元人民币，导游乐了，大伙也都开心地说着笑着，没有一个因花了钱不高兴的。

我们都知道回家的时间可能会越来越晚了，但却没有任何人提出不去购物了。这最后一站是导游要带我们去的绿色牦牛肉生产基地，也是我们这次海螺沟之行唯一的食品土特产基地。高原牦牛就是不一样，"吃得是灵芝草，喝的是矿泉水。"尽管导游也告诉大家：免费品尝，消费自愿。但究竟有多少人抵得住诱惑呢？香喷喷的手撕牛肉片、灯影牛肉丝、五香牛肉干、卤香鲜牛肉、熏香卤牛肉……眼睛看花了，味道好极了，牙齿嚼累了，看来不买不行了。因为只有这样才能让亲人也分享到自己的快乐与收获。有的同事钱花光了，向朋友借来继续消费，直到买开心为止。这一站，也是最后一站，可谓倾囊而出，大伙尽享消费之乐。消费总额远远超出5000元。回到车上一看，每人购物都是一两大包，这就叫花钱买开心，出门旅游才真正开心。

车到达四川雅安天泉县已是晚上8点钟，我们匆匆吃了一顿晚餐，感觉回家的路才真正开始缩短，回家的路才越来越舒适平坦。疲惫劳顿在车上渐渐褪去，到家时，时针已指向凌晨一点二十分，回首竟然是在天刚蒙蒙亮乘兴出发，又在繁星点点的黑夜笼罩下开心归来。

整理海螺沟三日游，仿佛我们的团队是一个齐心协力的考古队，掘开了海螺沟的宝藏，我们只拾了几块碎片回来，等待更多的人们前去探宝。

从此，神秘的海螺沟在我的心中不再神秘，或许，更多了一些诗意和魅力呢！

第一次去遵义

遵义是有名的红色之都,著名的遵义会址、红军街,让人可以真切感受革命年代艰苦的岁月和革命者的丰功伟绩;娄山关可以感受"一夫当关,万夫莫开"的险要地势和雄关声色。

我对遵义充满着向往,那是在2009年8月7日至8月9日,我和我的同事阿庹带着学生成翎去遵义参加颁奖大会,才终于第一次到了遵义。因为我是组织者,沾了学生成翎和指导教师阿庹的光,经学校批准,由我带队前去遵义参加第十届"新世纪"杯全国中学生作文一等奖获得者颁奖大会。

第一次去这样的地方,我不禁充满了幻想和期待。为了更便捷,我们去的时候乘坐的是公共汽车,从家乡大足乘车直达遵义,已是下午四点过了,我们一行人抵达遵义火车站附近的通达大酒店报到,来自全国各地的师生络绎不绝,报到大厅热闹非凡。

我们下榻在通达大酒店,期待第二天在酒店举行的隆重的颁奖仪式。次日一大早,我就带着我的团队进入了会场。颇有意思的是,我把大足作协办的《时代作家》报千里迢迢带了六十份来发给各地的师生交流,后来向我索要报纸的师生还不少,他们对我这个小小的编辑投来钦佩的目光,这是我意想不到的。大会开始了,台上坐着全国中语会理事长苏立康、著名文学评论家王先霈、遵义文联主席李发模、著名作家王晓露、杂志社社长谭根稳、杂志主编及著名作家晓苏、常务副主编及诗人剑南、副主编石在中和左晓光。会议由主编晓苏主持。

我曾开过不少学术研讨会，多以讲座的形式，一言堂贯穿始末。可这次颁奖大会气氛热烈，内容新颖，让人耳目一新，倍感愉悦。首先是曾担任过厂长名叫李卫华的"红军"击鼓唱戏，一开始就把气氛推向了高潮，营造了热烈祥和的气氛。接下来晓苏介绍台上就座人员，社长谭根稳致辞，谈了三点值得："一是认识新朋友；二是听专家作报告，并零距离接触；三是贵州太美了。目前参加竞赛的学生逐年增加，杂志的地位影响很大，已进军全国百强，需要大家进一步推荐、关爱、呵护，祝愿朋友们本次聚会收获多多，健康快乐！"很朴实很真诚的言语，让人感到既简洁又温暖。接下来晓苏出了一个竞猜题，让在座的诸君说出前九届的会址，竟然有人抢答成功。我们第一次参加，那时忽然感觉自己是多么的渺小和寡闻。第三个议程是颁发特等奖奖杯。这里还有一个细节，宣读特等奖和一等奖获得者名单，我们很荣幸地听到了自己学校的大名，以及一等奖学生和指导教师的名字，在来自全国各地的师生颁奖大会上响起，那时候感到渺小的自己一下子充满了自信和自豪。然后聆听获得特等奖学生的作文《妈妈生我的时候》，它犹如一股清泉汩汩地流进每个人的心田。

　　在这次大会上有很多精彩的细节，总是让人欣慰和感动。我不会忘记那三个专家的发言，我把他们的谆谆教导认为是这次遵义之行的最大收获之一。一是评委会主任王先霈先生，1米75的个子，一头花白的头发，身体健康，精神矍铄，很有亲和力，不单与之亲切留影，他的话语也时常回荡在我的耳边：大爱无言，作文的风格是多样化的，要表现个人的个性、语言、特质，要有自己独特的地方。不要去模仿别人的作文，要写出自己的风格，以切至为贵。二是诗人李发模先生的报告，高屋建瓴，就像一个智者在引导普通人进行精神超度。他给在座的同志们讲了贵州的人文地理，讲了贵州人文精神的依托，让人深切地感到遵义不愧是红色之都，至今仍有火种在生生不息地延续和升华。苏立康教授，是一位六十多岁的老人，笑容亲切，声音甜美，极有亲和力。她语重心长地与在座的师生们探讨作文的真谛，她从课内和课外两个层面，引导老师怎样让学生的写作有灵性，让学生说的话是心里话。她说，教作文还得教人，重要的是我们要帮助学生心灵的成长，让学生成为独立的有个性的个体，作文教学培养人有义不容辞的义务。她谈到了书香校园、读书日、读书月和阅读漂流，主张把阅读和写作结合起来。我忘不了这位老人亲切慈祥的笑貌和标准清晰的普通话。当我摩挲着新教材，视线停留在这位老人亲切的名字时；当我小心地打开相册，久久地欣赏着与她零距离的亲切合影时，我便油然而生敬意。那是一位平凡的教师对一位教育专家的仰视；是一位教育晚辈对长辈的景仰和钦佩。

这样的会议是名家的聚会，是学生成长成才的摇篮，我不知道过去九届是怎样的精彩和动人，我可以猜想一定是热烈的，活泼的，创意的，可谓窥一斑而知全豹。作家晓苏是不变的主持人，变化的是会议的内容和形式，参会者或熟悉或陌生的面容。在主持人幽默风趣的引领下，或游戏或竞猜或赠书或送礼，与会代表尽情地分享各自成功的喜悦和幸福。全国各地的代表献艺，河南的特级教师朱老师一曲豫剧，把会场的气氛再次推向高潮，离开会场时大伙竟有些意犹未尽。

后来的参观学习，一是遵义会址纪念馆，二是沙滩文化——三大西南巨儒旧址观瞻。似乎都没有颁奖会议热烈而精彩了，然而我和我的同事、学生，第一次在贵州这片土地上留下脚印，真切感受了山区原始地貌的美丽和魅力，那些庄稼和林地，那些房子和村庄，总让人呼吸到遵义这片红色土地上洁净而清新的空气。

回程的路，我们选择了乘坐火车，了却学生从未乘坐火车的心愿。

其实，更重要的是弥补没去娄山关的遗憾，在火车上与娄山关近距离接触，永远是仰视的，同时还可以继续与这里的山山水水亲近和对话，不至于美好的事物在脑海里转瞬即逝或慢慢消失。

第一次去遵义，让我获得了如此大的收获，遵义你让我永远难忘。

云南之行

说起云南,我一直向往那里的天空、湖泊、古镇和石林。如果去云南,我就能理所当然地体验七彩云南之美了。

暑假如期而至,我和家人计划着去云南的路线。原以为随大流去大理、丽江、西双版纳等地真切地感受七彩云南之美,不料计划的行程却是云南红河州屏边和河口一带。为什么要去这么冷僻偏远的区县呢?因为我们要组织一个家族团去到当年对越自卫反击战的区域,祭奠一位英雄,追寻一位英烈的感人事迹。英烈是我夫家幺舅,大舅舅和妈妈的亲弟弟张崇模。1978年2月,在对越自卫反击战中光荣牺牲,墓地在云南红河州屏边县城。38年了,家里的亲人千方百计才找到了他的墓地。于是在我丈夫的倡议下,这个暑假决定带着三位老人,即英雄的大哥、二姐、二姐夫和五位晚辈不远千里去屏边县扫墓。我的云南之行就这样开始了。

我们一行8人,年长的75岁,年幼的7岁,从重庆火车站乘坐列车直达昆明站,在列车上要待上整整18小时,才能到站。火车上的小世界是那么充满情趣,老人和孩子都自得其乐,聊天的聊天,玩手机的玩手机,几个小孩在车厢里一会就混熟了,相互讲起了故事,做起了小游戏。毕竟有接近800公里的路程,在不急不缓的火车上硬撑着,时间久了,人的心理没啥反应,但身体的反应自然就感觉到了。我的腰有点酸酸的感觉了,就用一会儿站,一会儿坐来调节。到了深夜,我的瞌睡来了,只能坐着眯一会儿,哪里能睡得香甜呢,偶尔翻翻手机阅读篇文章，发现火车常在洞子里穿行，网络断断续续，只好作罢，好在心中有期待，自然心情无大碍。只见老人们困了就打着瞌睡，大的两个孩子简直就是手机控、零食王，不知什么时候困了也酣睡一阵子。最小的孩子找到旁边的小姐姐一直闹得欢，吃东西几乎没有停歇过，整个车厢除了孩子的嬉闹，大人们都安静下来。当孩子的声音也没有了，就剩下火车一路奔跑的"哐当哐当"声，已是深夜1点了，我熬过了最长最慢的几小时后，反而感觉清醒了，在24日凌晨我们已顺利到达本次出行的第一站——昆明站。

　　天还未亮，走出车厢，一股春寒料峭的感觉，不愧是来到了春城啊，这可是在酷热的老家所没有的感觉——冷津津丝丝凉的感觉，大家争着加衣服，需要保暖才能接受这里的凉意。挎着行李，我们在昆明火车站附近的大街上走着，大家不约而同地走向一家早餐店，放好行李，坐下来就开始点早餐：米线、稀饭、馒头……整整一天的时间没有认真吃顿饭，像是过了好久，味道很一般的稀饭、馒头也成了美食，米线自然是这里的名小吃"过桥米线"，成了孩子们的专享。早餐后，我们要继续赶路，仍旧是火车出行，到第二站，也是我们此次出游最重要的一站，观瞻屏边县烈士陵园并扫墓。

　　上午10时许，我们从昆明站出发到达屏边县城已是下午3点半，在一个事先预定的宾馆住下后，我们决定去县城逛逛，顺便感受一下这里的少数民族风情。这是一座山城，高大的山脉向屏障一样呵护着小小的县城，离边境越南仅100余公里，也许"屏边"之名由此而来。我们来之前的几天都是雨，现在已是阳光灿烂的晴日，温度20来度，太阳当空照也不怎么晒人，穿着夏装，披个薄薄的披风，温度非常适宜。

　　屏边县主要是我国少数民族苗族的聚居地。近年来，在政府的扶持下，恢复了不少民族特色建筑，风格统一，风貌独特，充分体现了少数民族生活的丰富多彩。那里有苗族的饮食文化，有苗族服饰的绚丽，有苗族人祖祖辈辈的信念、图腾——牛和羊，形成了一条条苗族风情街。晚饭后，我们顺便在县城散步，我们沿着一条叉街一直往上走，这是新修的街道，草油路面，属于县城新开发地段，有人民休闲广场，民族学校和众多商业店铺，山脚下有两处标志明显的军事重地。走到山的垭口，看到年轻的战士在地里劳作，为蔬菜浇水，一旁就是展示攀爬训练的基地，一切都是那么自然祥和。走在这里，感受和平的气息，任何人都不会有紧张感。再往上转过一个弯，道路变得宽阔起来，这是县城正在建设的风景区——大围山景区，大门开阔，已初具规模，由于时间关系，我们只在大门外的坝子眺望了一下景区的方向，再左转沿着一条宽阔的公路缓缓而下，这样能一直走到县城大街。

　　傍晚时分，城里出来锻炼的人们在这条道上络绎不绝，但仍然十分安静。沿大道走去，我们经过了一个挂果的封闭式的猕猴桃园，透过窄窄的观察缝隙，我拍到了几张满树挂着密密匝匝果子的猕猴桃树，比摘到果子还开心。这条路两侧都是不高不矮的山丘，植被丰富，果树和松柏居多，空气特别清新，远山几乎把县城包裹着，很有层次，小城显得一点不局促。走着走着，我被公路两旁的高高的整齐的显眼的墓碑吸引了，白色的基调与傍晚的余晖交织，显得十分静穆。它们巍然矗立在公路两侧，早已是一道独特的风景线，人们来来往往走过这里，几十年如一日，对这里的安静和肃穆已经习以为常，对这里每年清明节扫墓的人山人海已司空见惯。在这个7月，我却成了一位扫墓人，我要祭奠的英烈是我夫家的幺舅舅，在对越自卫反击战中英勇牺牲了，38年了，亲人们终于打听到具体情况，利用暑假孩子们有时间，教师有时间，在家农忙的长辈抽得出点时间，大家都来了，来看看年仅21岁为国捐躯的幺舅，他安息在这两个陵园中的哪一个呢？这么多年了,活着的亲人因为路途遥远,信息不畅,一度失去前来祭奠的机会,现在大家来了,怀着虔诚的心情来了,来看看这就在我们身边,最近最亲的英雄!那时候,您一个人离开亲人,生是保家卫国,逝是守卫边防。1979年2月,至今,您已在祖国的云南边境沉睡了38年,38年!终于等到您的哥哥姐姐、侄子侄孙们来看您了,您的在天之灵一定有所知吧?我愿您和您牺牲的战友一起在天国快乐地生活,那儿再也没有战争,没有杀戮!在天国,您已是花甲之年,辛苦了大半辈子,应该退休,颐养天年了吧……我久久面对肃穆的陵园,心潮起伏——明天清晨,我们一行人将瞻仰幺舅的纪念碑,为在天国的他送去平安、吉祥和祝福。

回到宾馆,已是晚上9点过了,洗漱完毕,我毫无睡意,为第一次来到云南边陲屏边县写下了敬畏的小诗:青山绕城郭,绿树映房舍;士兵练武精,模样令人敬。公墓特耀眼,大道左右盼;行人闲步走,英灵喜乐佑。扫墓四季有,清明最优厚;老幼街巷拥,自豪英雄护。谁都知道,那一场战争,我们打了胜仗,可又有多少人知道胜仗背后我们也付出了巨大代价!1082位年轻的战士从此长眠在祖国的边境屏边、河口。还有三分之一烈士的亲人,没能亲自来看看、拜祭他们家里的英烈。或许是路途太遥远,年迈的老人早已心有余而力不足,只能在老家为烈士祭奠祈祷;或许是当地民政部门信息不畅通,一直没有具体通知烈士遗属,他们也不在乎当地民政部门组没组织几年一次的扫墓活动;或许烈士遗属想到人都牺牲了,时间久了,渐渐模糊了,老人还健在,领点政府发放的遗属补助就心满意足了……作为农村勤劳朴实农民的想法,仅局限在此,这也是无可厚非的。不过,他们万万没有想到自己的亲人为国捐躯后,一直受到祖国的优待,每个名字,每个公墓都已成为国家的文化遗产,早已成为千千万万人学习的榜样,他们的功绩早已载入共和国史册,将传承后代子孙。

次日清晨,8时许,我们一行人在街上买了6个大苹果,步行约30分钟,来到昨日下午散步经过的烈士陵园。跨过一道高高的前门,便进到一个开阔的坝子,正对门,10米开外,有一排梯坎,上面是一列关着门的屋舍,古色古香,房顶钢架上清晰可见"屏边烈士陵园展览馆"。屋后面就是一层层烈士公墓,左边空旷的坝子上树着高高的纪念碑,右边是烈士陵园管理所接待处。走进安静的管理所,工作人员并没有立即起身接待,他见我们进来了,示意并微笑着招呼我们就座。我们主动上前说明了来此的意图,他耐心地为我们翻阅资料,查找信息,并为我们指点去山上祭奠烈士的路线。我发现他的双手是天生的残疾,但做起事情来,非常轻松自如,跟正常人没有两样。尽管我们才来第一次,可他对我们要拜祭的英雄事迹却非常熟悉,甚至知道本地有一名战友跟我牺牲的幺舅是一个连队的,立即拨通电话请他过来见我们,遗憾的是这位活着的战友那天不在本地,我们没能见到。聊过一些熟悉的话题后,我们决定先去看看幺舅的墓,再回来慢慢聊。我们要求为英烈化点纸钱,工作人员答应了我们的要求,我们需要在这儿买一点,工作人员也答应了我们的要求。我们在一旁等着他去为我们拿些香烛纸钱来,只见他从椅子上一跃而下,我的心一怔,原来他是一位身高不到一米的侏儒,没想到行动利索,还显得自然、大方,一点没有因为自己是残疾人而有丝毫自卑感。我默默地看着他去另一个屋里为我们拿拜祭的香烛纸钱,除了个子矮些,他的每一步都是那么坚定,那么从容,我内心满是敬畏,心里思忖着:这一定是位身残志坚,了不起的人吧?他的谈吐,他的一举一动,特别是他那手漂亮的钢笔字,都看得出他是一位有文化的人,一位有修养的人,一位令人肃然起敬的人。我没有因为他是残疾人与他交流而感到任何不适。恰是这样一位不同寻常的守墓人，让我的内心掀起了微微的波澜。在缓缓进入烈士陵园时，我跟在家人的后面，眼泪一直无声地流着，纸巾用了一张又一张，都擦不尽内心难以言说的悲伤。我的脑海里反复出现幺舅在战场上牺牲的画面：那是一个光线晦暗的洞子，打击目标需要穿过涵洞，只见在班长的指挥下，幺舅奋力向前冲去，经过涵洞时，从一侧突然蹿出3个老百姓打扮的敌人，幺舅挂在腰上的手榴弹完全可以抽一个出来立即扔过去，除掉敌人，再继续向前打击敌人目标，但因部队有令，"勿伤老百姓"！这使遵守军规的幺舅没能那样做！当乔装打扮的敌人与幺舅越来越近时，他们抽出了锋利的刺刀，与我持枪的幺舅展开了肉搏战，因寡不敌众，最后，敌人一刀刀向幺舅刺去……当离200米远的战友们知道我幺舅已光荣牺牲，一个连队的战士赶上来，打跑了两个敌人，俘虏了一个大腿受伤的敌人。幺舅的牺牲，更加激发了战士们对敌人的仇恨，大家紧密团结，更加勇猛作战，取得了战斗的全面胜利。当时，幺舅作为一名新兵，上战场就已把生死置之度外，在一个连队里，他是以敢死队的名义排在最前面的，战斗刚刚打响，他冲锋在前，勇敢无畏，恪守军令，不料遭到伪装敌人的突然袭击，献出了宝贵的生命。幺舅的牺牲，让战士们更加认清了敌人的真面目，最终把战斗的损失降到最低限度。幺舅牺牲后，在战友们的帮助下，被运回后方屏边县烈士陵园安葬，官帽完整，三等功，追认为共产党员……一抬眼，只见远远有人在墓地扫墓，泪眼模糊的我，只看到是一位身着迷彩服的年轻军人，似乎听到有招呼和对话声，可我什么也不知道。只顾跟着家人，走过四层陵墓后，在第五层，我们看到了幺舅高高的墓碑，墓碑正中竖行镌刻的是幺舅的大名——张崇模，左上角是军徽，右侧清新的文字，包含牺牲的具体时间、追认功绩以及树碑的云南军区和时间。38年了，幺舅终于等来了看他的亲人，特别是他的亲哥哥和姐姐，多年前，这是怎样一种亲情和手足情啊！大家在墓后方打扫了山崖上掉下来的藤蔓，清理了墓上的杂物，然后点燃香烛，放上来时买的苹果，再把纸钱一叠一叠烧去……母亲忍不住内心的伤痛，当着来者，当着死者幺舅战友的面，哭诉幺舅年轻时的遭遇："苦命的兄弟啊，你在8个月时，父亲就去世了，母亲和我把你拉扯过来，没有过上一天好日子啊！刚满20岁的你就出来当兵，也是想改变自己命运，没想到当兵的第二年就遇到打仗，竟然牺牲在了战场上！"

最后一天清晨，我们告别了昆明，坐上了回重庆的列车，因重庆和贵州等地有雷电暴风雨，列车延后约两小时，在8月30日凌晨2点，我们顺利到达重庆站。尽管我的云南之行没有他人想象的特别熟悉的风景，但对我来说它却是独一无二、不可复制的。我期待有时间和机缘，能再次踏上云南这片美丽而神奇的土地，去真正感受和体会春城的春之美。

追寻麦香

又是麦子成熟的季节,我在家乡寻找麦香。

在我记忆中,每当初夏时节,田里的麦子在火辣辣的阳光的烘烤下,转眼间就变得金黄金黄的,农人们便十分欣喜地收割着麦子,粒粒饱满的麦子在人们的欢笑声中滚动着,那缕缕醉人的麦香在整个村庄里飘溢着,激励着山里人的期盼和我童年的梦想。

前几天,我回到乡下老家,正是麦子成熟的时节,我却再也没闻到醉人的麦香,麦子的身影却消失在我的村庄。我曾看见一片片金黄的菜籽花代替了曾经充实的麦田,如今一垄垄菜籽成为麦子丰收的替代品。山里人不种麦子,改种菜籽,这是政府的导向,因为市场上的油价可观,农民只知道种菜籽比种麦子合算。家家户户种菜籽,菜籽多了,花开时节,便有了"菜花节",跟当地旅游资源结合起来,可谓一举多得。凡事有利就有弊,菜花香了,麦香少了,我们的生活自然也就少了往日熟悉的馨香美味。

村庄少了麦子,饭桌上自然就少了土生土长的馒头,也许馒头算不上餐桌上公众的美味佳肴,却算得上老百姓饭桌上最具营养的食物。如今人们吃啥都讲究绿色食品,大凡土生土长的,当地当季的食品,如土鸡蛋、土猪肉、土生瓜果蔬菜等,均被人们列入绿色食品系列,可谓备受人们青睐。只要是农民亲手栽种的蔬菜瓜果,总是被城镇市民热衷看好。在一个小小的集市里,汇聚了不少流动人口,他们都是当地的农民,手里揣着自己家的土货,热情兜售;肩上挑着自己家的蔬菜瓜果，耐心出售，玉米、大米、大豆，各类蔬菜瓜果应有尽有，唯独缺少麦子，少了麦香。

我问一位老农道："现在村里的人们为什么不种麦子了？"他说："种麦比种啥都辛苦，成熟了，鸟儿和老鼠都吃得差不多了，还能收获多少呢？"看着老农一脸的心酸，我仿佛明白了麦子消失的理由。其实这不是根本理由，只能说明一点：现在种麦子的人们少了。以前人们离不开麦子，家家户户都种麦子，鸟儿和老鼠也吃，仍能丰收进仓。如今，生活好了，人们离开麦子也能养家糊口了，还有更好的栽种胜过麦子，那就是菜籽，可菜籽不是五谷，麦子则是五谷，人们更需要五谷，而不仅仅是菜籽提供的油。

我走在村庄的田埂上，遥望一大片一大片成熟的庄稼，那些曾是黄澄澄的麦子，如今都变成了一垄垄的菜籽，丰收麦子变成了丰收菜籽，我感到有一种难以言说的失落，仿佛失去了一位感情深厚的老友，但我却怎么也不能忘却她的身影。我甚至想，她只是偶尔离开我的视线，在别的地方暂时歇脚，很快，她又会回到我的身边，回到我所在的村庄。

村庄有稻子，就应该有麦子的，稻子和麦子就好比孪生兄妹，手足情深，麦子是妹妹，稻子是哥哥，妹妹总是在初夏成熟，哥哥常常在深秋丰收，一年四季，兄妹俩总是手牵手，在大地母亲的怀里茁壮成长，快乐无忧。多年以后，我的村庄稻子还是稻子，麦子却被人们不知不觉遗弃了，仿佛在证实农村仍然存在的重男轻女的落后思想，如果大地上只有稻子，村庄就会变得单调，家园就会缺乏生气，日子也会变得平淡无味，生活也会因为缺少麦香而少了芬芳。

麦子成熟的时节，我回到我的村庄，我要追寻留在我记忆里的麦田，那里贮满浓浓的麦香，弥漫在故乡的原野，浸透着山村里的土壤，缀点着我梦中的那片金黄！